Le sorcier de Babylone

ISBN : 2-7459-1428-6

Alain Paris

Le sorcier de Babylone

MILAN POCHE

La Mésopotamie au temps de Nabu

Babylone au temps de Nabu

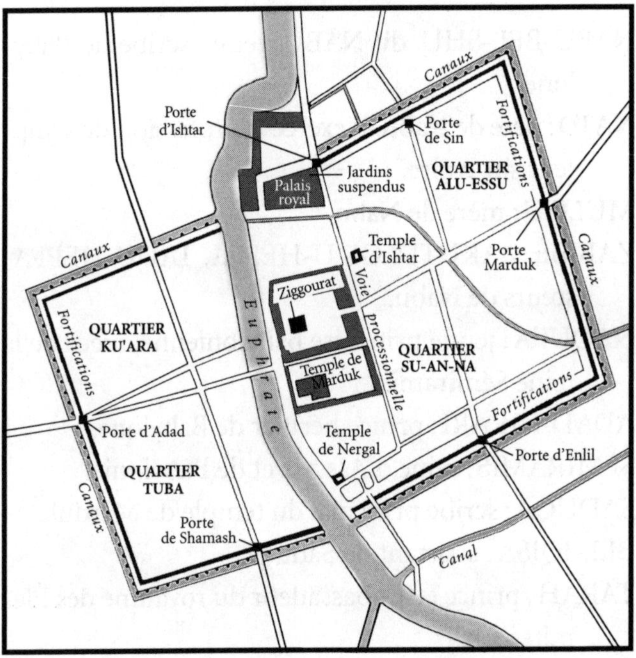

Les personnages de l'histoire
(dans l'ordre d'apparition)

NABU-BEL-SHU, dit NABU : jeune scribe de Babylone.

NA'ID : père de Nabu. Il exerce la profession de sculpteur sur ivoire.

MULISU : mère de Nabu.

ZABIBÊ, ZAKUTU, GILU-HEPPA, TADU-HEPPA : sœurs de Nabu.

NAQUI'A : jeune princesse babylonienne, nièce de la reine Sémiramis.

ADAD-NIRARI : prince héritier de Babylone.

SÉMIRAMIS : reine d'Assyrie et de Babylonie.

SADUQA : scribe principal du temple de Marduk.

BÊL-IQISA : assistant de Saduqa.

TARAH : prince et ambassadeur du royaume des Élamites.

MANNU, MUTTAKIL : compagnons de char, gardes du corps du prince Adad-Nirari.

AKOURGAL : grand prêtre du dieu Nergal.

ADAD-BELA-UKIN : capitaine des gardes du palais.

BÊL-DAIÂN : héraut du palais.
ILI-ITTIA : prêtre du temple de Nergal.
SAR-KALLI : capitaine d'un navire babylonien.
SIPAK : gouverneur de Kish.

Babylone, en la régence de la reine Sémiramis,*
le septième jour du mois lunaire de Tammuz.

* Les mots ou groupes de mots suivis d'un astérisque sont expliqués dans le glossaire en fin de volume.

1

Une invitation au palais

Je me nomme Nabu-bel-Shu, mais on m'appelle plus simplement Nabu, comme le dieu qui a enseigné aux hommes la science de l'écriture* et qui veille sur leur destin. Alors que les statues du dieu Nabu représentent un personnage de haute taille, à la longue barbe noire et bouclée, je suis moi-même de taille moyenne, et mes joues et mon menton sont encore lisses.

Ma famille se compose de sept personnes. À savoir mon père, Na'id, qu'on appelle aussi le Sculpteur car il exerce la profession de sculpteur sur ivoire ; ma mère Mulisu ensuite, qui est son épouse du premier rang – et contrairement à beaucoup d'autres Babyloniens, mon père n'a pas de seconde épouse : il dit que cela vaut mieux pour sa tranquillité –; Zakutu et Zabibê sont mes sœurs aînées, qui se disputent à longueur de journée ; Tadu-Heppa et Gilu-Heppa sont mes petites sœurs, deux jumelles qui s'entendent à merveille. Ainsi, je suis l'unique garçon de la famille, ce qui me pose bien des problèmes.

Notre maison est située dans le quartier d'Alu-Essu*, près de la porte de Marduk et non loin du canal qui rejoint les quais du fleuve Euphrate. C'est une belle demeure bâtie en briques d'argile, très confortable, qui fait la fierté de mon père car elle prouve que sa famille vit dans l'aisance grâce à son travail.

Comme souvent les hommes de petite taille, mon père se tient très droit et redresse le menton lorsqu'il parle, avec autorité et sur un ton qui ne supporte guère la contradiction. Na'id le sculpteur sur ivoire est une personnalité. De toute la cité, on vient admirer son travail, et sa grande ambition serait d'être un jour le fournisseur du palais royal.

–Vois-tu, me dit-il souvent, je ne suis pas un artisan comme les autres, car l'ivoire n'est pas une pierre, ni un métal, mais la matière qui compose les dents et les défenses de puissants animaux comme l'éléphant, l'hippopotame ou le sanglier. Pour travailler le bronze, l'argent ou même l'or, on trouve de la main-d'œuvre plus qu'il n'en faut, mais les bons ouvriers capables de sculpter et de ciseler l'ivoire sont rares. C'est pourquoi tôt ou tard ma réputation parviendra aux oreilles des nobles dames, et elles souhaiteront voir mes productions. Et ce jour-là, Nabu, tu m'accompagneras puisque tu es destiné à prendre plus tard ma succession.

Sa succession ! J'ai dit que je suis l'unique garçon de ma famille, et que cela me cause bien des problèmes. En vérité, j'ai UN problème, mais de taille : mon père est décidé à m'apprendre le métier de sculpteur sur ivoire, de manière à me transmettre son atelier et sa clientèle lorsqu'il sera trop âgé pour remplir ses tâches.

– Aujourd'hui, dit-il, j'ai bon pied bon œil, et mes mains sont adroites, mais le temps viendra où les déesses Balu, Ninkarrak et Gula, qui président à la santé des hommes, m'infligeront leurs maux funestes. Ma vue baissera, mes mains trembleront, mes doigts ne seront plus aussi habiles... alors il te faudra prendre ma suite.

J'ai beau répéter que je ne me sens aucune disposition pour la sculpture en général et celle de l'ivoire en particulier, rien n'y fait. Mon père refuse d'en démordre.

– L'artisan est son propre maître, explique Na'id, il organise son emploi du temps comme il lui plaît, il ouvre et ferme son échoppe à sa convenance, il fréquente les marchés ou il choisit d'aller vendre à domicile chez ses clients. Que demander de plus ? Mon père travaillait l'ivoire, je travaille l'ivoire et tu travailleras l'ivoire, c'est aussi simple que ça, Nabu !

– Je suis désolé mais je ne suis pas attiré par ce métier. Je n'ai aucun goût pour inventer des bagues, des bracelets ou des boucles d'oreilles, et mes doigts ne sont pas assez habiles pour réaliser de délicates parures… non, Papa, je ne prendrai pas ta succession !

Chaque fois que je prononce ces mots, on dirait que le Marteau du dieu Adad* frappe notre maison. Mon père fourrage des deux mains dans sa barbe comme s'il voulait l'arracher et me demande en roulant des yeux :

– Mais, petit malheureux, si tu ne sculptes pas l'ivoire, que feras-tu ?

– Je veux être un scribe !

Scribe ! Voilà le grand mot lâché ! Car pour être franc, si je refuse de prendre la suite de mon père, c'est parce que je rêve d'apprendre à lire et à écrire. Un jour, sur le marché des quais du fleuve, j'ai interrogé un écrivain public à propos de son métier, et cet homme m'a répondu en déclamant un poème qui disait à peu près ceci :

« *Le métier de scribe, c'est le père du savoir, la mère de l'éloquence,*
un plat délicat qui jamais ne rassasie.
Il n'est pas facile à apprendre mais une fois appris,
il n'y a plus de souci à se faire car il vous enrichit. »

J'ignore si le métier de scribe enrichit vraiment ceux qui le pratiquent – à voir les déchirures et les taches qui souillaient sa robe, cela n'avait pas l'air d'être le cas pour l'écrivain public, et à mon avis, il voulait plutôt parler d'une richesse intellectuelle – mais je suis bien décidé à l'exercer. Mes sœurs se moquent gentiment de moi, mais ma mère approuve mon projet. Malheureusement, mon père s'entête dans son refus.

– Non, non, et non ! rugit-il de colère chaque fois que le sujet revient dans la conversation, il y a des choses plus utiles que passer son temps à gratter des tablettes !

– Être scribe ne signifie pas seulement écrire sur des tablettes, Papa ! Certains scribes deviennent médecins, d'autres prêtres, ou astrologues, ou…

– Médecin ! Prêtre ! Astrologue ! Et puis quoi encore ? Dans notre famille, Nabu, nous sommes sculpteurs sur ivoire de père en fils ! Et puis on ne devient pas scribe comme cela, d'un claquement de doigts !

– Bien sûr que non, Papa. Il faut apprendre le métier dans une école… et c'est un apprentissage qui demande plusieurs années. Si je ne commence pas dès maintenant, il sera trop tard !

– Un apprentissage qui coûte trop cher et que je n'ai pas les moyens de payer.

C'est l'argument final, imparable. Pour permettre à leur enfant d'entrer dans la maison de la Tablette*, les parents doivent faire un don substantiel au temple de Marduk. Bien sûr, il arrive qu'en période de calamités, de braves gens ruinés et mourant de faim offrent leurs enfants au dieu… Les prêtres sélectionnent alors ceux qui présentent des dispositions pour les études. Mais depuis bien des années, le royaume n'a pas connu la guerre, les champs produisent d'abondantes récoltes, et la nourriture s'entasse dans les réserves – personne ne meurt de faim à Babylone… et par conséquent, le temple ne recueille plus d'enfants abandonnés. Il faut payer pour entrer à l'école…

Comment faire changer d'avis mon père ? J'ai tout essayé : les pleurs, les promesses, j'ai même été jusqu'à murmurer à son oreille pendant son sommeil : « Na'id !

Na'id ! Tu dois autoriser Nabu à devenir scribe ! », et ma mère a fait de même… mais nos efforts sont restés vains, Na'id s'entête dans son refus, et je ne peux que rôder autour du temple à la Tête Haute*, regarder avec envie entrer et sortir les élèves, dont certains sont beaucoup plus jeunes que moi – de vrais gosses ! Ce n'est pas juste ! Je serre les poings et je refoule mes larmes tandis que je regagne la maison pour le repas du soir.

Avec la lune de Tammuz commencent les fortes chaleurs, et les rues grouillent de monde malgré la nuit qui tombe. La plupart des commerces sont encore ouverts, et notre voisin le pâtissier a engagé deux ouvriers supplémentaires pour fabriquer ses gâteaux d'orge, de blé et de millet. Les clients se pressent devant son étalage – j'achèterais bien un gâteau sucré avec des dattes… si seulement j'avais une piécette dans ma ceinture, rien qu'une petite obole[1] ! Mais ce n'est pas le cas et je me contente de regarder les gâteaux !

Voici la porte de ma maison. Son encadrement est recouvert de peinture rouge pour éloigner les démons. J'ai à peine posé la main sur sa poignée qu'elle s'ouvre toute grande et que Gilu-Heppa – ou sa sœur jumelle, elles se ressemblent tellement et s'amusent parfois à me

1. La plus petite monnaie des Babyloniens.

tromper – m'attrape par la manche et me tire à l'intérieur.

– Dépêche-toi donc, Nabu, dépêche-toi !

– Hein ? Quoi ? Que se passe-t-il ? Pourquoi me dépêcher ?

– Papa t'attend !

– Papa m'attend… mais pour quoi faire ?

Dans l'entrée pavée de petites dalles de terre cuite sont suspendues des tablettes gravées qui protègent également les occupants de notre maison contre les démons et autres mauvais esprits – on ne prend jamais assez de précautions ! Nous traversons la petite cour centrale qui est percée en son centre d'un trou par lequel s'évacuent les eaux de pluie. Toutes les pièces de la maison sont disposées autour de cette cour. Gilu-Heppa écarte le rideau de cuir qui ferme la salle à manger et crie d'une voix aiguë :

– Le voilà !

La famille au grand complet est assise en cercle, dans la lumière des lampes à huile, mais aucune odeur de cuisine ne flatte mes narines, et le plateau de cuivre posé au milieu de la pièce est vide de nourriture. Par contre, j'aperçois sur ce plateau quantité de peignes, boucles d'oreilles, sceaux, agrafes de manteau, broches… tous d'un blanc laiteux. Penché en avant, les sourcils froncés, mon père effleure un objet du bout des doigts :

– Ce peigne, Mulisu, qu'en penses-tu ?

– Il est magnifique, Na'id, digne d'une princesse ! N'est-ce pas, les filles ?

– Il est magnifique ! assurent-elles.

– Et toi, Nabu, à ton avis ?

Mon avis ? Ce peigne d'ivoire est très beau, mais pourquoi cette agitation, et pourquoi le dîner n'est-il pas prêt ? Mon estomac crie famine ! Alors, à la question de mon père, je me contente de répondre :

– Il est très beau.

– Très beau ! hurle Na'id. Il le trouve très beau ! Pour le palais, cela ne suffit pas : je dois apporter des créations exceptionnelles !

Enfin, je commence à comprendre ! Et quand je demande des détails, tout le monde parle en même temps :

– L'intendant de la reine, Bada en personne ! Il est venu dans cette maison !

– Un officier des gardes l'accompagnait !

– Ainsi que deux gardes !

– Bada voulait voir ton père !

– J'ai offert une grenade à l'officier !

– Et moi des dattes aux soldats !

– Taisez-vous ! crie Na'id. Taisez-vous toutes ! Ma parole, on se croirait dans une basse-cour ! Où étais-tu passé, Nabu, pour rentrer si tard ? Encore à traîner autour de l'Esagil[1], je suppose ! J'ai besoin de ton avis, j'en ai absolument besoin. Demain matin, tu m'accompagneras au palais où je présenterai mon travail aux nobles dames de la Cour !

– À la princesse Naqui'a ?

– C'est possible.

– À la reine Sémiramis ?

Là, mon père n'ose pas répondre, sinon par un vague grognement. Car depuis la mort de son époux, le roi Shamsi-Adad, Sémiramis n'est pas seulement la Dame du palais. Son fils, le prince Adad-Nirari, est encore trop jeune pour régner et la reine est donc régente des royaumes d'Assyrie et de Babylonie, maîtresse de tout ce qui vit dans le Pays entre les deux fleuves[2]. Je l'ai aperçue pour les fêtes de la Nouvelle Année, à la lune de Nisan qui marque la fin de l'hiver et le début du printemps, et j'ai été frappé par sa dignité et sa beauté. Mon père est également inti-

1. Autre nom du temple de Marduk.
2. La Mésopotamie.

midé à l'idée de la rencontrer, mais il ne se fait pas trop d'illusions : la reine apparaît rarement en public, elle ne quitte pour ainsi dire jamais ses appartements du palais.

– Na'id, mon cher époux, intervient ma mère en haussant quelque peu la voix, c'est un événement important pour toi et aussi pour la famille, tout le monde est d'accord, mais cela ne doit pas nous empêcher de vivre normalement ! La nuit est tombée et nous n'avons pas encore dîné !

Mon père approuve et débarrasse le plateau, mes sœurs courent à la réserve chercher galettes et fruits, et pour fêter l'événement, ma mère apporte une jarre de bière fraîche et des pailles. Exceptionnellement, les jumelles sont autorisées à en boire, versée dans un bol et coupée d'eau.

Depuis bien longtemps, nous n'avons pas fait de repas aussi joyeux. Ma mère et mes sœurs aînées bâtissent projet sur projet – elles ont besoin de nouvelles étoffes pour leurs drapés, de nouvelles robes à franges, de pompons… et aussi d'huiles pour la peau, de savons, que sais-je encore ! À mon avis, il y a du mariage dans l'air, et Zakutu ou Zabibê, voire les deux, ont trouvé des garçons assez bêtes pour les épouser. C'est la réflexion que je fais à haute voix, mais en guise de réponse, les filles me bombardent de graines de melon, les jumelles s'étouffent de rire, et ma mère essaie de rétablir le calme. Seul Na'id reste silencieux, l'esprit ailleurs. Bien sûr il réfléchit toujours au choix d'objets qu'il va emporter demain matin au palais, de quelle manière il les présentera, et aussi quel prix il en réclamera.

Le dîner terminé, on éteint soigneusement les lampes dans lesquelles a brûlé l'huile de pierre[1], puis chacun gagne sa chambre. Comme la nuit précédente j'ai eu bien trop chaud, je décide d'aller dormir sur la terrasse de notre maison, et je grimpe l'échelle avec ma natte et une couverture légère.

Sur les toits des voisins, j'entends des bavardages, des rires, et puis une grosse voix qui proteste et réclame le silence pour ceux qui se lèvent tôt ! Dans le ciel enténébré scintillent d'innombrables points lumineux – on dit que les astrologues royaux connaissent chacun de ces points lumineux auxquels ils donnent des noms. On dit également que ces astrologues observent le ciel avec des tubes… mais que peuvent-ils bien voir ?

1. Le pétrole, qui donne un meilleur éclairage que l'huile végétale de sésame.

Je m'enveloppe dans ma couverture et je ferme les yeux. Autour de moi, la grande cité est silencieuse… seul, retentit, au-delà des murailles, le cri d'un chacal… auquel répond l'aboiement d'un chien… puis d'un autre. Demain, pour la première fois, je franchirai la porte du palais royal. Même si c'est pour accompagner mon père, j'ai hâte de voir l'aube se lever. Et je m'endors sur cette pensée.

2

La princesse Naqui'a

– Debout, paresseux ! chuchote une voix dans mon oreille.

J'ai du mal à ouvrir les yeux.

– Debout ! répète la voix impatiente, et dans la demi-obscurité, je distingue le visage de mon père.

– Mais Papa… il ne fait pas encore jour ! Tout le monde dort !

– Justement ! C'est le meilleur moment pour nous préparer. Descends vite…

Tout en luttant pour garder les yeux ouverts, je plie ma couverture et je quitte la terrasse. Mon père m'attend dans la salle à manger, devant des petits gâteaux d'orge qu'il est allé acheter chez notre voisin le confiseur.

– Pendant que tu dormais, j'ai bien réfléchi et j'ai choisi les objets que je vais emporter.

D'un coffret de bois précieux, il tire plusieurs pièces d'ivoire.

– J'hésite encore pour celle-ci, explique Na'id en montrant une sorte de sphinx ailé et couronné. On peut me reprocher d'être influencé par les sculpteurs égyptiens… qu'en penses-tu ?

Sincèrement, je n'en pense rien. Peu importe d'ailleurs car mon père est tellement nerveux qu'il parle tout seul, pendant que j'enfile une tunique propre. Ma mère apparaît, les yeux bouffis de sommeil. Elle non plus n'a pas beaucoup dormi.

– Il faut y aller ! dit Na'id.

– Si tôt ? s'étonne Mulisu. Mais il fait à peine jour !

– Justement… nous arriverons les premiers. Allons, Nabu, dépêche-toi ! Dépêche-toi !

Ma mère nous accompagne jusqu'à la porte. Elle m'embrasse et n'a que le temps d'effleurer la joue de mon père qui est déjà dans la rue, le coffret pendant à son épaule au bout d'un lien de cuir.

L'aube se lève à peine, mais la cité est déjà éveillée. Les ouvriers se rendent à leurs ateliers, les marins à leurs navires, les marchands à leurs échoppes. Aux Babyloniens se mêlent toutes sortes d'étrangers facilement reconnaissables : Élamites aux cheveux qui flottent sur les épaules, Canaanites portant une longue chemise qui protège de la chaleur, Hébreux en cafetan, Mèdes en tunique et pantalon large, Aribis au corps enveloppé d'une étoffe et la tête coiffée d'un fichu maintenu par un ruban, Bédouins dans leur robe en peau, Syriens, Philistins…

Le grand canal qui traverse Babylone est un lieu magique, à nul autre pareil. Depuis que je suis tout petit, j'ai pris l'habitude de venir ici chaque jour, car chaque jour révèle une nouvelle surprise. Aujourd'hui, des cèdres venus de la lointaine Phénicie exhalent leur parfum dans les ateliers des charpentiers. Des cargaisons de cuivre et d'étain, de bronze et de cuir, de laine et de lin, s'entassent dans les entrepôts. Ces marchandises ont été transportées par d'imposants vaisseaux venus de lointaines contrées, par-delà les montagnes et les déserts. Des vaisseaux qui ont longé les côtes de Nâr Marratu, la grande mer du Soleil-Levant[1], puis remonté le cours du fleuve.

Les richesses de Babylone s'entassent sur ces quais où s'amarrent les navires et aboutissent les caravanes. Je ralentis devant les étoffes tirées de « l'arbre à laine » et teintes avec la fameuse pourpre de Phénicie, je

1. Le golfe Arabo-Persique actuel.

respire les aromates et les épices aux odeurs pénétrantes – cannelle, gingembre – et l'encens* qu'on brûle dans tous les temples pour honorer les dieux…

– Nabu ! proteste mon père. Ce n'est pas le moment de rêvasser !

– Papa, n'exagère pas, nous avons le temps ! Je suis sûr que les portes du palais sont encore fermées !

Les pêcheurs ont travaillé toute la nuit à la lumière des torches, et maintenant, après avoir rangé leurs lignes, leurs filets et leurs nasses, ils exposent dans des paniers d'osier les carpes, barbeaux, silures, goujons, mulets et loches qu'ils ont pris au fleuve ou aux canaux. Dans les cuisines ambulantes, des soupes mijotent, des fritures grésillent. Mis en appétit (après tout, je n'ai avalé que trois gâteaux avant de quitter la maison !), je m'approche des feux, mais mon père me tire par la manche.

– Allez, Nabu ! Ne vois-tu pas qu'il fait déjà grand jour ! Nous sommes en retard !

Le soleil s'est levé au-dessus des eaux glauques du grand canal et nous arrivons sur la Voie processionnelle aux murs ornés de dragons, de taureaux et de chevaux. La haute enceinte de briques du palais se dresse devant nous comme une falaise ocre, et nous nous immobilisons, intimidés, devant les deux battants grands ouverts de la porte.

–Holà, vous deux ! aboie une voix. Approchez !

Nous sursautons. Un officier en armure vient vers nous en balançant à bout de bras une masse d'arme.

–Oui, c'est à vous deux que je parle ! Que faites-vous là à bayer aux corneilles ? Ma parole, si tôt le matin, ils sont déjà ivres de vin de palme !

Le visage de Na'id s'empourpre.

–Seigneur officier, je peux jurer que ni mon fils ni moi n'avons bu quoi que ce soit ! Nous avons été invités au palais par l'intendant Bada. D'ailleurs, le voici !

Un homme grand et corpulent s'avance à notre rencontre. Il est vêtu d'une longue robe brune, ses cheveux noirs huilés sont retenus en chignon sur sa nuque, et de lourdes boucles d'or massif étirent le lobe de ses oreilles.

–Laisse-les passer, dizainier.

–Je te l'avais bien dit ! triomphe Na'id.

Et nous franchissons la porte du palais, dont les battants restent ouverts derrière nous.

Nos pas laissent des empreintes sur le sable fin, mais un serviteur surgit comme par enchantement et efface ces traces avec des feuilles de palme. Il nous suit à reculons jusqu'à la cour qui donne accès à la Seconde Maison*, puis disparaît comme il est venu.

L'intendant nous guide le long de murs de briques émaillées de bleu en haut desquels courent des frises de fleurs stylisées. Il fait frais et j'éternue. Na'id fronce les sourcils, l'air de dire: « Mais tiens-toi donc un peu ! »

Enfin, nous arrivons devant une porte et Bada nous invite à entrer. Dans une grande pièce au plafond barré de poutres de cèdre peintes, une vingtaine de femmes et de jeunes filles sont assises sur des coussins. Elles battent des mains et leurs yeux brillent de convoitise lorsque mon père ouvre son coffret aux merveilles !

Une période[1] s'est écoulée. Plusieurs bijoutiers du Merkes, le marché aux affaires de Babylone, sont arrivés après nous, et la concurrence est sévère. Les objets d'ivoire sculptés par Na'id doivent rivaliser avec l'or et les pierres précieuses. Les femmes et les filles de la noblesse ont l'habitude de se parer, elles connaissent la valeur réelle de chaque chose, et elles discutent les prix à l'obole près !

La reine Sémiramis ne participe pas aux achats – mais je m'y attendais un peu. Mon père et l'épouse

1. Environ deux heures.

du héraut* du palais sont en grande conversation à propos d'une boucle de ceinture. D'autres femmes examinent bagues et boucles d'oreilles. Je bâille d'ennui et de fatigue. Combien de temps allons-nous encore passer dans cette pièce? D'ailleurs, je pourrais m'en aller, Na'id ne s'en apercevrait pas.

Pourquoi pas, après tout? Lorsqu'il en aura terminé avec ses clientes, mon père devinera que je suis déjà parti et il rentrera seul à la maison – je ne suis d'aucune utilité!

Bon, ma décision est prise. Discrètement, je quitte la pièce. Dans le couloir, personne, mais si j'ai bonne mémoire, nous sommes arrivés par ce côté – je reconnais les briques bleues et les fleurs stylisées. Par contre, je ne me souviens pas d'avoir traversé ce long corridor. Je dois donc revenir sur mes pas.

Deux directions se présentent maintenant devant moi. Si seulement quelqu'un pouvait me renseigner... où sont donc les dignitaires, les gardes, les serviteurs? J'ai la bouche sèche, la crainte noue mon estomac. J'aurais mieux fait d'attendre patiemment mon père!

Tout à coup, je surgis dans une vaste cour sablée. Ébloui par le soleil, je fais quelques pas hésitants. Je croyais reconnaître cet endroit mais je me suis trompé, c'est la première fois et...

–Heyaaa!!!

Le cri me terrifie. Puis j'entends claquer un fouet, un roulement de sabots. Un char surgit dans un nuage de poussière, non, plusieurs chars! J'ai à peine le temps de courir et de sauter de côté pour éviter d'être renversé et piétiné!

–Heyaaa!

La poussière n'est pas retombée que les chars font demi-tour. Des silhouettes sont agrippées aux rênes. Il y a trois, quatre… non, cinq chars à deux chevaux, différents de ceux qui défilent habituellement sur la Voie processionnelle…

–Heyaaa!

Encore ce cri strident, cette fois accompagné de rires, et je réalise que ces chars en ont bien après moi! Alors je cours, je cours à perdre haleine, et je me jette de côté. Des sabots frappent le sol à quelques pouces de ma tête, une roue frôle ma jambe. Le cœur battant à tout rompre, je me relève pour voir le char qui fait déjà demi-tour. Il va de nouveau charger, et je suis incapable de réagir… mes jambes tremblent et ne m'obéissent plus!

–Arrête! hurle une voix. Ça suffit! Arrête tout de suite!

Une silhouette s'interpose, les bras écartés face aux chevaux écumants. Je frotte mes yeux irrités par la poussière, je reprends mon souffle.

– Est-ce que ça va ?

– Euh... oui... je crois...

– Il n'a rien, ricane le conducteur du char, ce n'était qu'un jeu ! Si j'avais vraiment voulu l'écraser, il serait déjà aplati comme une galette !

– Un jeu stupide et dangereux : tu as failli tuer ce pauvre garçon !

Peu à peu, je retrouve mes esprits. Je m'aperçois que mon sauveur est une jeune fille d'environ douze ou treize ans, et que le conducteur du char a sensiblement le même âge. Tous deux se ressemblent un peu – ma première impression est qu'ils sont frère et sœur.

– Allons, Naqui'a, dit le garçon en me dévisageant avec un sourire narquois, tu vois bien que ton protégé n'a que des égratignures !

Naqui'a ! Il s'agit de la jeune princesse, la fille d'une sœur défunte de la reine. Que les dieux soient remerciés pour son intervention qui m'a probablement sauvé la vie ! Maintenant, la colère m'envahit et j'apostrophe le garçon.

– Descends de ton char et je vais moi aussi t'en donner, des égratignures !

– Comment ? Espèce de ver de terre ! Tu oses parler sur ce ton à Adad-Nirari, prince héritier du royaume ! Je vais te donner une correction dont tu te souviendras longtemps !

Le garçon saute à bas de son char, tandis que ses compagnons l'encouragent de la voix et du geste. Qu'est-ce que j'ai fait ? Moi, Nabu, j'ai défié le prince héritier ! Il se précipite sur moi, les poings serrés, mais la princesse s'interpose de nouveau.

– Regarde, Adad-Nirari, tu l'as blessé ! Sa jambe saigne et son bras est tout enflé ! Il n'est même pas en état de se défendre !

Je proteste :

– Qu'il vienne donc, je n'ai pas peur de lui !

– Tais-toi, ordonne la fille, et viens avec moi soigner ces blessures.

Puis elle ajoute à voix basse :

– Je t'en prie, ne dis plus rien ou ce grand butor* te rossera !

En vérité, je suis plutôt soulagé de ne pas me bagarrer avec le prince héritier, qui fait une demi-tête de plus que moi et semble bien plus vigoureux ! Sous les quolibets des autres garçons, je sors de la cour derrière la princesse Naqui'a.

–Comment te nommes-tu ?

–Nabu-bel-Shu... mais on m'appelle Nabu. Et vous, vous êtes la princesse Naqui'a, celle qu'on surnomme la Petite Dame du palais... Je vous remercie, car sans votre intervention, le prince m'aurait aplati comme une galette.

Naqui'a sourit.

–Il faut dire que tu n'as vraiment pas de chance, Nabu : apparaître comme ça au beau milieu de l'entraînement de notre héros ! Mon cher cousin a parfois des réactions... imprévisibles. Mais si je peux te poser une question : que faisais-tu au juste dans cette partie du palais interdite aux visiteurs ?

–Mon père est Na'id le sculpteur sur ivoire, et il est venu présenter des objets précieux aux nobles dames de la Cour... Je l'ai accompagné mais je m'ennuyais tellement... Je voulais repartir tout seul et je me suis perdu...

La princesse hoche la tête. Tout en bavardant, nous avons rejoint une autre cour aux murs décorés de céramique bleue, sur laquelle s'ouvre une salle dont le plafond est barré de poutres de cèdre recouvertes d'or.

J'ouvre de grands yeux quand la princesse m'explique qu'il s'agit de la salle du Trône.

Ce quartier du palais possède un jardin intérieur planté de platanes et de cyprès, avec des pelouses fleuries et des bassins. Deux soldats montent la garde devant l'entrée des appartements royaux, mais ils s'écartent en reconnaissant la princesse. Naqui'a me fait entrer dans une pièce où flotte une odeur d'encens.

– Ma chambre, indique-t-elle. Assieds-toi sur le lit, je vais soigner ta jambe et ton bras.

J'hésite à m'asseoir sur le grand lit aux pieds recourbés comme des griffes de lion, et je proteste, mais Naqui'a insiste. Des tablettes gravées sont suspendues au mur pour protéger l'occupant des lieux pendant son sommeil. La princesse fouille dans un coffre en bois de santal et d'acacia rehaussé d'ivoire et de bronze, et elle en tire un flacon. Elle ôte le bouchon de cire et verse un peu de liquide sur un carré de tissu.

– Cela pique un peu mais ne crains rien !

– Aïe, ça brûle ! Qu'est-ce que c'est ?

– Une décoction d'herbes, de tiges et de feuilles… Le maître des Scribes lui-même l'a préparée. Elle protégera ta jambe contre l'infection.

–Le maître des Scribes, le vieux Saduqa ? On raconte qu'il a connu le Déluge* !

La princesse éclate de rire, et une voix dit derrière nous :

–N'exagérons pas. Saduqa est vieux, certes, mais pas autant que cela !

Je me retourne… et je me prosterne face contre le sol. La reine Sémiramis ! Car c'est bien elle qui vient d'apparaître en pleine lumière, vêtue d'une longue robe blanche. Cinq anneaux d'or cerclent son cou, et ses cheveux noirs sont réunis en épaisses torsades.

–Relève-toi, ordonne la reine, et explique-moi plutôt ce que tu fais dans les appartements royaux.

J'essaie de parler, mais je suis si troublé que les mots refusent de franchir le seuil de mes lèvres. Heureusement, la princesse vient une fois de plus à mon aide.

–Majesté, dit-elle, permettez-moi de vous présenter Nabu-bel-Shu, le fils du sculpteur sur ivoire Na'id. Il accompagnait son père, en visite au palais, mais il s'est égaré et, par malchance, il a rencontré le vaillant prince Adad-Nirari pendant son entraînement. Le résultat de cette rencontre, c'est que j'ai amené Nabu ici pour soigner ses plaies, et si quelqu'un doit être blâmé pour sa présence, c'est moi.

– Je comprends, soupire la reine. Ce n'est pas la première fois que ce genre d'incident arrive… Ainsi, tu sculptes l'ivoire ? C'est un travail qui demande beaucoup d'habileté.

Je retrouve enfin ma voix pour répondre.

– C'est mon père qui sculpte l'ivoire. Je me contente d'entretenir ses outils… En vérité, Dame, j'aimerais étudier pour devenir scribe.

– Tiens donc : tu veux devenir scribe ? C'est une excellente idée, mais quel âge as-tu ? Onze ans ? Douze ? Il ne faut plus tarder à entrer dans la maison de la Tablette, sinon tu seras déjà trop âgé.

– Je sais, Dame. Je supplie mon père chaque jour, mais il s'entête à vouloir faire de moi son successeur !

Alors la reine prononce les paroles qui vont changer ma vie.

– Naqui'a, trouve un serviteur et envoie-le chercher Na'id le sculpteur sur ivoire. J'ai deux mots à lui dire.

3
La maison de la Tablette

Mon père n'est pas particulièrement content, mais malgré sa contrariété, il fait assez bonne figure. Il faut dire que la reine Sémiramis en personne l'a reçu, elle l'a félicité pour la qualité de son travail et elle a commandé assez d'objets d'ivoire pour assurer les revenus d'au moins deux années. Na'id n'a donc plus aucune raison de s'inquiéter du coût de mon inscription, et c'est maintenant Mulisu, ma mère, qui pleure à l'idée que je vais être séparé de ma famille. Mes sœurs aînées paraissent plutôt indifférentes – en ce moment, elles ne pensent qu'au *zubulu*, le cadeau de fiançailles de leur futur époux. Les jumelles sont un peu tristes : elles regrettent sans doute de ne plus pouvoir me jouer de tours pendant que je serai à l'école !

–Na'id, a dit la reine Sémiramis d'un ton sévère, tu dois respecter le souhait de ton fils ! Il veut apprendre pour devenir scribe, et si c'est la volonté des dieux, il sera scribe.

–Oui, Dame.

–Demain matin, tu l'emmèneras au temple à la Tête Haute et tu le confieras au scribe principal Saduqa, qui est par ailleurs le doyen du Conseil de régence. Je compte sur toi.

–Oui, Dame.

Le lendemain matin, mon père me conduit à l'Esagil, le temple à la Tête Haute, le plus grand temple de Babylone. On l'appelle aussi « le palais de Sa Seigneurie » car il est consacré plus particulièrement au dieu Marduk, seigneur des dieux. Le temple à la Tête Haute se dresse à deux portées d'arc de la grande Ziggourat* dont il est séparé par un double mur percé de quatre portes. Nous franchissons l'enceinte sacrée par la petite porte de l'Étonnement, et nous faisons un détour pour ne pas troubler les prières de quatre prêtres vêtus de robes blanches frangées d'or. Au son aigrelet d'une flûte, ils versent de la graisse, de l'huile et du miel dans une fosse. J'interroge mon père du regard, mais il ne comprend pas plus que moi la signification de ce rite, et il hausse les épaules.

À ce moment, un prêtre au crâne et aux sourcils rasés s'avance vers nous en prononçant les paroles rituelles qu'il répète chaque matin à tous les visiteurs:

–Réjouissez-vous, car Shamash* est de retour.

Nous répondons:

–Réjouis-toi, car Shamash est de retour.

Puis le prêtre demande:

–Souhaitez-vous verser une offrande aux dieux, pour l'entretien des lieux sacrés?

–Je verserai une offrande plus tard, répond Na'id. Pour le moment, je dois rencontrer le scribe principal Saduqa. Où puis-je le trouver?

–Comme chaque matin, il prononce sa prière au dieu Nabu... Grimpez jusqu'à la deuxième plate-forme du temple: la chapelle de Marduk est au centre, encadrée par celles de Tashmetoum et de Nabu.

–Nous te remercions. Viens, Nabu.

–Tu portes le nom du dieu, me dit le prêtre, c'est un heureux présage par une si belle matinée.

Puis il plonge la main dans le tronc où les fidèles déposent leurs offrandes, et il en retire une douzaine de rondelles de bronze, deux pierres colorées et un anneau d'argent. Il note ce montant sur une tablette. La reine percevra une taxe et le reste des dons sera confié à l'économe qui s'occupe de l'entretien du temple.

Au niveau de la première plate-forme, nous longeons les chapelles d'Anu le ciel, de Nusku le feu, de Sîn la lune et du dieu potier Ea, qui a autrefois façonné le premier homme. Nous gravissons l'escalier et nous arrivons sur la deuxième plate-forme, celle des chapelles majeures. Na'id pose un doigt sur ses lèvres pour m'intimer le silence, et nous entrons dans la chapelle de droite, celle du dieu Nabu. Une fois que nous sommes habitués à la pénombre, nous remontons l'allée pour nous arrêter près d'un très vieil homme, tout ratatiné dans son fauteuil. Il a les yeux fermés et semble dormir mais, en réalité, il est éveillé, et une prière sort de ses lèvres parcheminées, par laquelle il sollicite bienfaits et bénédictions. Nous attendons que cette prière s'achève, puis mon père se penche et chuchote à l'oreille du vieillard :

– Honorable scribe principal, la Dame du palais m'a dit de m'adresser à toi : voici mon fils, Nabu-bel-Shu, qui souhaite devenir scribe. J'ai apporté une somme représentant les frais d'une année d'études, et je promets de revenir dans précisément un an, le neuvième jour du mois lunaire de Tammuz, pour renouveler cette somme, et ensuite chaque année que mon fils passera dans la maison de la Tablette.

– J'ai reçu un message de la reine, qui me prévenait de ta visite, répond le vieillard en ouvrant les yeux.

D'une voix étonnamment forte et claire, il appelle un serviteur auquel il ordonne d'allumer une lampe à huile. La lumière repousse l'obscurité, et je découvre en Saduqa un petit bonhomme sec comme une datte, au regard pétillant de malice. Il m'observe en silence quelques instants puis dit :

– Voilà donc notre postulant. Ainsi, Nabu, tu veux devenir scribe ?

– Oui, honorable scribe principal, c'est mon souhait le plus cher.

– Appelle-moi maître Saduqa, ce sera plus simple. Je suppose que tu sais à quoi tu t'engages : la maison de la Tablette n'est pas particulièrement un lieu de repos. On y travaille même beaucoup, et les élèves paresseux ou peu doués sont impitoyablement renvoyés.

– Je sais cela, hono... maître Saduqa. Je ferai de mon mieux pour donner satisfaction.

– Je te crois, fait le petit vieillard en hochant la tête. Maintenant, j'aimerais te poser un petit problème.

– Je vous écoute, maître Saduqa.

– Il s'agit d'un jeu, une devinette à laquelle la Dame du palais elle-même répondit alors qu'elle avait à peu près ton âge. Réponds si tu peux, Nabu : je ramasse une pierre mais je ne la pèse pas. J'ajoute un septième de son poids, puis j'ajoute un onzième. Ensuite je pèse et je trouve une mine*. Quel est le poids de ma pierre ?

J'aime bien ces jeux qui font appel à la réflexion, et je convertis mentalement la mine en sicles et les sicles en lignes.

– As-tu trouvé la réponse ? demande Saduqa.

– Oui, maître. Si je ne fais pas erreur, le poids de la pierre est deux tiers de mine, huit sicles et vingt-deux lignes et demie.

– Il est doué pour les mathématiques, sourit le vieillard. C'est parfait. À partir de cet instant, tu entres dans la maison de la Tablette. Na'id, je te remercie pour ta contribution.

Mon père se tourne vers moi, et je crois bien que des larmes brillent dans ses yeux, mais il me serre dans ses bras et, sans ajouter un mot, il quitte la chapelle. J'ai la gorge serrée en le regardant s'éloigner. Je l'ignore encore mais je ne le reverrai pas, non plus que le reste de ma famille, avant de nombreuses lunes.

Saduqa me conduit ensuite jusqu'à la maison de la Tablette. Nous marchons lentement, car le scribe principal est âgé, et la déesse Gula, qui décide de la santé des hommes, a fatigué ses jambes. Tout en cheminant, Saduqa m'explique que ses parents l'ont offert au temple il y a très longtemps, en une période troublée, et que plus tard, il a eu la reine Sémiramis pour élève – elle fréquentait l'école du palais, avec les jeunes seigneurs de la Cour.

– Une fille à l'école ?

– Pourquoi pas ? En principe, elles ne sont pas admises, mais il y a des exceptions... la princesse Sémiramis était une élève brillante, tu peux me croire !

La maison de la Tablette du temple à la Tête Haute occupe quatre salles aux murs agrémentés de peintures, de briques émaillées et de bas-reliefs. Une salle abrite la bibliothèque. Les étudiants, les médecins, les astronomes, les devins et les exorcistes peuvent y consulter toutes sortes de textes religieux, littéraires et scientifiques, consignés sur des milliers de tablettes rangées sur des étagères ou empilées dans des niches, des jarres ou des paniers. Des étiquettes d'argile permettent de s'y retrouver. Chaque roi a eu à cœur d'augmenter cette bibliothèque, m'explique Saduqa, et certains ouvrages remontent à Sumu-Abum, le fondateur de Babylone.

Plusieurs maîtres dispensent leur enseignement dans les trois autres salles, et chaque maître est assisté d'un moniteur qu'on appelle familièrement un « grand frère ». Le moniteur de Saduqa se nomme Bêl-Iqisa et, dès notre première rencontre, nous décidons de nous détester. J'ignore la raison de cette animosité – c'est peut-être tout simplement la volonté des dieux, mais Bêl-Iqisa ne peut supporter ma présence, et je ne peux supporter la sienne. Pourtant, j'ai intérêt à ne pas le contrarier car, dans la maison de la Tablette, la discipline est rigoureuse, et c'est lui qui manie le fouet lorsqu'un élève ne donne pas satisfaction !

La première chose qu'apprennent les débutants, c'est la prise en main du calame, la petite tige de bois ou de roseau à la pointe taillée qui sert à écrire les coins. Je me débrouille bien, même Bêl-Iqisa doit le reconnaître, et je n'utilise que très peu de tablettes de brouillon (il s'agit de vieilles tablettes dont on humidifie l'argile pour s'en resservir plusieurs fois).

Une fois le calame bien en main, vient le temps des copies. Je n'avais jamais imaginé devoir copier autant

– « jusqu'à ce que le calame vous tombe des doigts ! » ordonnent les maîtres, de plus en plus exigeants. Et nous copions des listes lexicales sans fin : il s'agit, nous dit-on – car notre lecture est encore hésitante –, d'énumérations d'armes et d'outils, d'animaux sauvages et d'animaux domestiques, de plantes et d'aliments, que sais-je encore ? Un jour nous copions les noms des parties du corps, le lendemain les noms des poissons qui vivent dans le fleuve Euphrate, et le jour suivant encore des noms de fruits et de légumes...

– Tu fais des progrès, constate Saduqa.

Mais il n'empêche que j'en suis toujours à copier. Maintenant, il s'agit de textes littéraires ou scientifiques, des épopées, des hymnes, des lamentations – ou parfois tout simplement des formulaires...

J'apprends à lire des textes akkadiens et sumériens dont les logogrammes* sont très proches. Pour cela, nous nous servons de syllabaires et de listes de vocabulaire. Mes camarades plus âgés étudient le kassite* et l'égyptien, et ils abordent des connaissances plus générales.

Les documents rassemblés sur les tablettes de la bibliothèque sont la plupart du temps rédigés en langage suméro-akkadien. À l'aide de dictionnaires descriptifs, j'apprends à déchiffrer les tablettes qui parlent de botanique, de zoologie et de minéralogie.

Ma grande sœur Zabibê se marie et, à cette occasion, je suis autorisé à m'absenter durant une journée du temple à la Tête Haute. Je n'ai pas revu ma famille depuis près d'une année et je suis fou de joie. Vêtu de ma tenue d'élève, avec la courte tunique bleue portée par-dessus une longue robe blanche frangée de pourpre, je me présente à la porte de la maison de Na'id le Sculpteur, et c'est ma mère qui vient ouvrir. Je me jette dans ses bras et, malgré mes efforts, je n'arrive pas à retenir mes larmes.

Zabibê a rencontré son futur époux, Ilisu-Abum, durant les fêtes que nous appelons les Sacées, données au cours de la lune d'Ab en l'honneur de la déesse Ishtar. Ilisu-Abum est surnommé « Ugula », « le Cuistot », car il possède une taverne située sur les quais du fleuve, réputée pour ses brochettes et ses beignets de petits poissons. Après le mariage, Zabibê quittera la maison de notre père en emportant sa dot, le *shirku*, et son trousseau, pour s'installer dans la demeure de son mari.

– Que tu as grandi ! s'extasie ma mère.

–Et puis, qu'il a l'air sérieux! ajoute une des jumelles, et elles éclatent de rire comme au bon vieux temps.

Mon père se contente de sourire, mais je sens qu'il est fier de moi. La preuve qu'il ne m'en veut plus: il m'offre un étui d'ivoire délicatement ciselé pour ranger mes calames.

–Taillé dans une dent d'hippopotame, précise Na'id.

Je passe une journée merveilleuse. La maison et son jardin sont envahis d'invités, le Cuistot s'est surpassé, et je retrouve tous mes anciens camarades du quartier d'Alu-Essu. Certains travaillent déjà avec leur père, d'autres se préparent à entrer comme apprentis ou même à devenir soldats. Le temps où nous traînions en bande bruyante sur les quais du matin au soir est bien fini!

Mais je dois maintenant rentrer. Toute la famille m'accompagne au bout de la rue et le Cuistot insiste pour me donner un cornet rempli de beignets. Le cornet dans une main et l'étui d'ivoire dans l'autre, je retrouve la maison de la Tablette où le premier visage que j'aperçois est celui de Bêl-Iqisa!

–Pouah, Nabu-bel-Shu! Tu empestes la friture!

Mais je ne réponds pas à ses provocations, et le «grand frère» n'insiste pas.

Les lunes succèdent aux lunes, et ce qui au départ m'apparaissait comme un travail difficile devient peu à peu un plaisir. Chaque matin, je n'ai qu'une hâte, gagner la bibliothèque pour y trouver de nouvelles occasions de m'émerveiller. Après les sciences de la nature, je me plonge dans la géographie. J'apprends les noms des provinces et des cités qui constituent le royaume d'Assyrie et de Babylonie, ceux des cours d'eau, des montagnes et des contrées qui s'étendent au-delà du Pays entre les deux fleuves.

Dans les premiers jours de la lune de Nisan, plusieurs élèves quittent l'école des scribes pour entrer dans la vie active, et d'autres arrivent et commencent leurs études. C'est un renouvellement qui se produit chaque année à la même époque. Maintenant, je sais lire et écrire le sumérien et l'akkadien, l'araméen et l'égyptien. J'étudie l'histoire du Pays entre les deux fleuves, et je passe mes journées à apprendre les listes royales.

Saduqa m'enseigne la géométrie et l'algèbre, et il s'amuse à exercer mon esprit avec des questions de logique. Ce matin, par exemple, nous marchons dans les allées en compagnie de Bêl-Iqisa lorsque mon maître déclare :

– Supposons que tu joues avec des camarades à qui court le plus vite. Si tu dépasses le dernier, quelle position occupes-tu alors dans la course ?

Je ne réponds pas immédiatement, et Bêl-Iqisa ricane :

– Tu seras avant-dernier, cervelle d'oiseau !

– Cervelle d'oiseau toi-même ! Le dernier est le dernier, il ne peut y avoir personne après lui, alors comment pourrais-je le dépasser ?

– Bien, sourit Saduqa. Maintenant, tu dépasses le deuxième : quelle position occupes-tu ?

J'ouvre la bouche pour répondre mais Bêl-Iqisa me devance :

– Il est premier !

– Pas du tout. Si je rattrape le deuxième, il y a toujours un premier : je suis en deuxième position !

Bêl-Iqisa est rouge de colère, mais il se contient devant Saduqa. Le vieux scribe dit alors :

– Nabu, accompagne-moi jusqu'à la bibliothèque. J'ai à te parler.

Le moniteur tourne les talons et s'éloigne en maugréant. Je marche derrière le scribe principal et je me demande bien de quoi il va m'entretenir. Mes résultats sont bons, mes maîtres sont satisfaits de moi dans l'ensemble…

– Assieds-toi, dit Saduqa en montrant un petit tabouret d'osier. La reine Sémiramis m'a demandé de désigner le meilleur de mes élèves, le plus rapide à enregistrer les paroles sur des tablettes d'argile ou de cire, le plus habile à choisir les signes qui expriment la pensée, sans la déformer ni la trahir, et j'ai cité ton nom. Est-ce que cela t'étonne ?

– Un peu, maître. Je connais au moins deux ou trois élèves aussi rapides…

– Prends ceci, dit Saduqa en me tendant un ensemble de tablettes reliées par des charnières, ainsi qu'un étui enfermant plusieurs calames. Es-tu installé de manière confortable ? La lampe offre-t-elle assez de lumière ?

– Oui, maître.

– La reine a besoin d'un peu de distraction et j'ai pensé lui offrir la copie d'une histoire intitulée *Le Pauvre Homme de Nippur*. Tu vas rédiger cette copie que tu porteras ensuite au palais.

– Moi ?

– Toi-même. Tu rédigeras cette copie dans le langage suméro-akkadien utilisé à la Cour. Es-tu prêt ?

Bien sûr que je suis prêt. J'ai parfaitement compris que Saduqa me fait passer une épreuve, une importante épreuve qui décidera peut-être de mon avenir. Je place donc la première tablette sur mes genoux et je la numérote. Puis je partage mentalement la surface de cire de manière à obtenir cent quarante-six lignes, et une marge suffisante pour noter des commentaires personnels ou des impressions.

– À Nippur vivait autrefois un pauvre homme… dicte Saduqa.

Deux périodes se sont écoulées, j'ai achevé mon travail et je me dégourdis les doigts tandis que le scribe principal relit tablette après tablette. Le pauvre homme de Nippur berne et rosse plusieurs fois le mauvais gouverneur de la cité, et Saduqa sourit au récit de ses aventures.

– Bien, dit-il, très bien. Tu as parfaitement su rendre l'humour des situations. Après avoir enfilé une tunique propre, tu porteras ces tablettes au palais royal et tu les remettras à la reine.

Je n'ai pas mis les pieds hors du temple à la Tête Haute depuis le mariage de Zabibê. Aller au palais ? Que mon protecteur le dieu Nabu soit remercié !

4

L'ambassade des Élamites

Une fois la porte du palais franchie, il n'y a pas comme la première fois d'officier hargneux pour m'apostropher. Au contraire, un serviteur très aimable m'invite à le suivre. Au début, je pense qu'il me conduit aux appartements royaux, mais comme je ne reconnais pas le chemin par lequel nous passons, je demande :

– Où allons-nous ?

– Aux ateliers. C'est là que se trouve la reine.

J'ignorais que le palais de Babylone possède ses propres ateliers, où l'on file et tisse la laine, le coton et le lin, où l'on fabrique les vêtements destinés à la famille royale mais aussi aux gardes et au personnel. Le serviteur m'explique que toutes les jeunes filles du palais y travaillent, à l'exception des danseuses et des chanteuses.

–Même la princesse Naqui'a ?

–La princesse comme les autres.

La maison des Femmes est un quartier du palais aménagé autour d'une vaste cour intérieure, sur laquelle s'ouvrent des bâtiments à deux ou trois étages. Les ateliers de filage et de tissage sont situés dans ce quartier. Ils sont aérés par de petites fenêtres, et des esclaves circulent avec des cruches remplies d'eau fraîche destinée aux ouvrières.

Une cloison sépare l'atelier de filage de l'atelier de tissage, où les filles travaillent sur une cinquantaine de métiers, les uns verticaux pour tisser une laine très fine, les autres horizontaux pour tisser le lin et le coton. Tous les tissus obtenus seront ensuite teints et brodés car nous autres, Babyloniens, aimons les couleurs vives et agrémentons nos costumes de broderies multicolores ou, pour les plus riches, de fils d'or et d'argent.

–Le voici, notre brillant élève !

Je me retourne. La reine est derrière moi, en compagnie d'une femme qu'on appelle la maîtresse des Fuseaux et qui dirige les ateliers, et d'une jeune fille que j'hésite à reconnaître… Elle me sourit et cette fois, il n'y a plus de doute : c'est bien la princesse Naqui'a, mais comme elle a changé en moins d'une année ! Elle est presque plus grande que moi et…

– Allons, Nabu-bel-Shu, voyons ce que tu nous apportes !

Je tends mes tablettes à la reine.

– L'écriture est précise, observe-t-elle, et je vois que tu respectes la tradition en reprenant la dernière phrase de chaque tablette au début de la tablette suivante. Mais allons dans mes appartements, nous y serons plus tranquilles pour t'écouter.

– Pour m'écouter, Dame ?

– Bien sûr. Tu t'imaginais peut-être repartir au temple sans nous faire la lecture ? De plus, Naqui'a est curieuse de tout savoir à propos de l'école des scribes et elle voudrait te poser des questions.

C'est ainsi que je me retrouve à lire les aventures du pauvre homme de Nippur à la reine et à la princesse qui rient de bon cœur, surtout lorsque je contrefais ma voix et que j'interprète tous les personnages du récit.

– Tu dois avoir soif, Nabu, dit Naqui'a, et avec la permission de la reine, elle apporte une jarre de bière coupée d'eau fraîche, une longue paille et un plateau de gâteaux d'orge et de millet.

– Peut-être préfère-t-il de l'eau citronnée ? demande la reine.

La princesse me pose des questions sur la maison de la Tablette, et j'essaie de satisfaire sa curiosité. Notre emploi du temps, les sciences que nous étudions, si nos professeurs sont sévères…

– Comme j'aimerais être à ta place… Je m'ennuie tant dans ce palais… Je ne suis pas douée pour le chant ni pour la musique, et je déteste travailler aux ateliers !

La reine hoche la tête.

– Nabu-bel-Shu, j'aimerais te demander un service.

– Dame, je ferai tout ce que vous voudrez.

– Il existe une petite bibliothèque dans ce palais. Pas aussi importante que celle du temple à la Tête Haute, mais qui contient néanmoins quelques milliers de tablettes, certaines assez anciennes. Avec l'accord de Saduqa, tu pourrais venir ici… disons un matin tous les trois jours pour commencer… et tu trierais les textes les plus intéressants pour nous en donner lecture, à Naqui'a et moi.

J'accepte avec enthousiasme : malgré le plaisir que j'ai à étudier, je suis fou de joie à l'idée de sortir régulièrement de l'Esagil. Et c'est ainsi que je deviens en quelque sorte le « courrier » entre Saduqa et la reine. Le scribe principal me confie des tablettes reçues de provinces vassales pour que j'en fasse lecture à la reine. Parmi ces tablettes, des ouvrages de médecine et d'astronomie, mais aussi des récits de voyages en des royaumes lointains: le pays d'Ourartou* dont notre reine est originaire, le pays de Musru que ses habitants nomment Égypte…

La princesse Naqui'a semble ravie par cet arrangement. Elle en profite pour apprendre à lire, avec l'aide de la reine. Au début, je n'ose pas la questionner, mais un jour, je me décide enfin à demander:

–Pourquoi ne fréquentes-tu pas la petite école du palais, avec les fils de nobles seigneurs? La reine Sémiramis l'a bien fréquentée, autrefois!

–La reine Sémiramis était une princesse ramenée en Assyrie comme otage. Elle n'appartenait à aucun clan, à aucun parti, et c'est pour cela qu'elle avait été secrètement choisie pour épouser le prince héritier. La reine mère Nanname voulait assurer son éducation. Moi, je ne suis que la nièce de la reine, et je n'épouserai jamais Adad-Nirari. Par conséquent, on estime que je n'ai pas besoin de savoir lire!

–Qui ça, «on»?

–Les grands seigneurs qui siègent au Conseil de régence.

Puis elle ajoute à voix basse:

–Mais la reine Sémiramis pense que les filles doivent apprendre la lecture et l'écriture.

C'est aussi mon avis, et je suis très heureux de constater les progrès que fait la princesse Naqui'a. Chaque fois que je viens au palais, nous passons de longs moments ensemble à bavarder, je lui raconte ce que j'ai appris de nouveau et elle me rapporte les événements qui se sont produits dans le royaume depuis ma précédente visite. Il y a au palais un service qu'on appelle «les Yeux et les Oreilles du roi», où sont centralisés les renseignements qui arrivent des provinces et des royaumes voisins.

–Mais seule la Dame du palais est autorisée à consulter ces renseignements, ainsi que le héraut du palais Bêl-Daiân et le prince héritier.

Le prince héritier! Depuis notre première mémorable rencontre, j'ai eu d'autres occasions de l'approcher, mais toujours avec une certaine appréhension.

Adad-Nirari a beaucoup grandi et forci. Lorsque les devins ont établi son horoscope*, me confie Naqui'a, ils ont révélé que le prince aurait un caractère énergique et une forte personnalité, que les parties de son corps plus particulièrement gouvernées par les astres seraient ses reins, ses veines et son oreille gauche, et que le fer serait le métal associé à son tempérament. En un mot, Adad-Nirari aurait tout pour devenir un souverain conquérant qui mènerait d'innombrables campagnes, remporterait maintes batailles, verrait de puissantes cités lui ouvrir leurs portes et des rois étrangers enchaînés à ses pieds… et en vérité, l'horoscope a dit la vérité. Le prince est robuste et habile aux exercices du corps. Ses maîtres d'armes n'ont qu'à se féliciter de lui car il excelle dans le tir à l'arc et le lancer du javelot, le maniement de l'épée, de la lance et de la hache. Il monte à cheval comme un Cimmérien* et conduit avec une grande habileté – j'en sais quelque chose – son char de guerre.

Mais Adad-Nirari est aussi un garçon autoritaire et violent. Il n'étudie qu'à contrecœur, il refuse le plus souvent de s'enfermer dans une pièce en compagnie de ses professeurs, et il trépigne d'impatience lorsqu'on l'oblige à reprendre un travail bâclé. Le prince supporte mal l'autorité de la reine. Il voudrait déjà commander. Il lui tarde de s'asseoir sur le trône, mais il est trop jeune. Il doit encore attendre quatre ans, et auparavant il effectuera un long séjour dans la maison de la Succession* où il apprendra tout ce qu'un souverain doit connaître…

–Nabu ! Enfin te voilà !

La princesse m'accueille à l'entrée de la Seconde Maison. Elle est vêtue d'un drapé à double retombée, comme c'est la mode, et porte à son cou un collier en feuilles d'or.

–Que se passe-t-il, Naqui'a ? Est-ce que je suis en retard ?

–Non, pas du tout, mais une importante nouvelle est arrivée pour « les Yeux et les Oreilles » !

–Ah ? Laquelle ?

–Une ambassade élamite est en route pour Babylone, conduite par le prince Tarah en personne : que dis-tu de cela ?

Les Élamites sont depuis toujours les ennemis des Babyloniens, et il ne se passe pas de saison sans incidents sur la frontière entre les deux royaumes.

Depuis la mort du roi Shamsi-Adad – que son âme puisse trouver la félicité dans le Pays sans retour* –, les Élamites sont de plus en plus agressifs. La visite du prince Tarah est peut-être un signe que les choses vont s'améliorer.

–Quand doit arriver cette ambassade ?

–D'ici trois ou quatre jours. La Dame du palais recevra le prince Tarah en audience solennelle… et j'ai réussi à te faire inviter ! ajoute Naqui'a en battant des mains. Qu'est-ce que tu en dis ?

– Inviter ? Je vais assister à une audience solennelle ? Je suis si surpris que ma voix s'étrangle dans ma gorge – on dirait le croassement d'un busard.

– Pas seulement à l'audience ! Au banquet aussi !

– Au banquet !

Là, j'ai l'impression que le sol s'ouvre sous mes pieds ! Même dans mes rêves les plus fous, je n'ai jamais envisagé de participer à un festin officiel au palais. Soudain, un doute me saisit.

– Il faut d'abord que maître Saduqa donne son autorisation…

– Il est d'accord… mais cela n'a pas été sans mal. Ce vieux bonhomme n'a pas l'air commode.

Commode ou pas, si Saduqa a accepté, je suis tranquille. Le reste de la journée et les deux jours suivants, je ne tiens pas en place, et même les trésors de la bibliothèque du palais me paraissent insipides. Pour me distraire, je relis *L'Épopée de Gilgamesh* et le *Poème du Juste souffrant.*

Malheureusement, quand l'ambassade élamite franchit en grande pompe la porte d'Enlil*, je ne suis pas là pour assister à l'événement. Bêl-Iqisa n'a rien trouvé de mieux que de me faire classer d'anciennes tablettes concernant les maladies propres aux femmes et aux enfants, et ce travail m'occupe jusqu'au coucher du soleil. J'ai ensuite à peine le temps de laver mes mains poussiéreuses et de courir au palais, sans changer de robe et de tunique. Je me fais reconnaître des gardes puis je me précipite jusqu'à la salle du Trône.

Il y a là une foule de fonctionnaires de la Cour, chefs de l'arsenal, de la police, des courriers, des esclaves, des chantres, des échansons, majordome, héraut, des visages glabres ou barbus, des robes brodées d'or et d'argent, et puis des femmes, filles et fils de la noblesse. Je me dresse sur la pointe des pieds pour essayer d'apercevoir quelque chose quand une main se pose sur mon poignet.

– Enfin te voilà ! Qu'est-ce que tu faisais ? J'ai bien cru que tu n'arriverais jamais !

– Moi aussi… C'est la faute de…

– Viens par ici, souffle Naqui'a.

Elle m'entraîne tout près de l'estrade malgré mes protestations. Le trône est vide, la Dame du palais et le prince héritier occupent de simples chaises pliantes de part et d'autre du haut siège sculpté. Le majordome introduit les délégations des royaumes voisins : Damas,

Hamath, Israël. Le pharaon Takelot a envoyé des cadeaux pour le prince héritier.

– Le prince Tarah ! chuchote Naqui'a à mon oreille.

Chacun fait silence lorsque l'ambassadeur des Élamites s'avance d'un pas pesant, en martelant les dalles avec ses sandales cloutées. Tarah est un grand et vigoureux jeune homme au visage maussade, dont les cheveux très longs flottent sur les épaules. Il porte une courte tunique et des braies étroites de cavalier, et il est coiffé d'un bonnet de feutre pointu qui le fait ressembler à un Scythe* ou à un Cimmérien. À son côté gauche pend une longue épée dont la vue choque les spectateurs – un ambassadeur se présente généralement sans arme. Cependant, comme si elle n'avait pas remarqué cette entorse aux bonnes manières, la reine Sémiramis déclare courtoisement :

– Sois le bienvenu à Babylone.

Puis elle ajoute :

– Comment se porte le roi Humbash, ton père ?

– Fort bien, Majesté. Il vous adresse ainsi qu'au prince héritier Adad-Nirari tous ses vœux de prospérité. Pour reprendre ses propres paroles : « Je t'envoie vers la reine mère Sémiramis avec des propositions de paix durable. Ces propositions ne sauraient mieux être concrétisées que par une alliance entre nos deux familles. »

– Une alliance entre nos deux familles, répond la reine, pourquoi pas ? Mais le prince Adad-Nirari est encore trop jeune pour prendre épouse…

– Le roi Humbash ne pensait pas à votre fils, Majesté, mais à votre nièce, la princesse Naqui'a, dont on prétend qu'elle est aussi intelligente que belle. Je veux l'épouser, pour le bien de nos deux royaumes.

La main de la princesse n'a pas lâché la mienne, et ses ongles s'enfoncent dans mon poignet ! Aux paroles de l'Élamite, tous les yeux se tournent vers Naqui'a, dont le visage pâlit. La reine regarde dans notre direction, et le prince Adad-Nirari se soulève de sa chaise. Il fronce d'abord les sourcils en m'apercevant au côté de la princesse, puis il se penche vers la reine et lui dit quelques mots à l'oreille. La reine hoche la tête. Elle réfléchit un instant puis lève la main.

– Approche, Naqui'a. Tu as entendu la proposition du prince Tarah : qu'en penses-tu ?

– Majesté, répond la princesse en se prosternant, je suis votre humble servante, et vous déciderez ce qui est bon pour le royaume.

– En effet, déclare la reine, tu as tout à fait raison, et voici mon avis : une alliance entre Élam et Babylone est une affaire très importante que seul un roi doit négocier, et dont la décision ne m'appartient pas. Si mon défunt époux était encore parmi nous, il aurait ordonné aux devins d'étudier les horoscopes des deux futurs époux, et les devins auraient interprété les mouvements de l'huile dans l'eau. Alors, nous aurions su si les dieux sont favorables à cette union. Mais mon cher Shamsi-Adad a marché vers son destin[1], et mon fils ne montera pas sur le trône avant quatre ans. Nous attendrons ce moment pour consulter les dieux et donner une réponse.

Si le prince Tarah est déçu, il ne le montre pas et il s'incline en souriant.

– Dame, dit-il, vous parlez avec sagesse.

Naqui'a s'incline à son tour, et son visage rayonne de joie. J'avoue que je suis soulagé, et je respire comme si on venait de m'enlever un énorme poids de la poitrine. À ce moment-là, le majordome du palais invite l'assistance à se rendre dans la grande salle, et la foule bruyante nous entraîne.

1. Périphrase qui signifie « mourir ». Pour les Babyloniens, évoquer directement la mort peut être dangereux.

5

La nuit du festin

Dans la maison de Na'id le sculpteur, la nourriture est abondante mais simple. Ma mère a appris à cuisiner en imitant ma grand-mère, et mes sœurs imitent ma mère. On mange beaucoup de galettes accompagnées d'oignons, de concombres, de courges, de poissons séchés ou frits dans de l'huile de sésame. Plus rarement, Mulisu prépare des brochettes de sauterelles grillées ou de la viande de gazelle – généralement à l'occasion d'une bonne affaire de mon père, ou d'une fête. On mange quelquefois de la bouillie de millet ou d'orge (baaaah ! Je déteste mais ma mère a toujours prétendu que la bouillie fait grandir les enfants), et une fois j'ai goûté au fromage de lait caillé – mais j'ai manqué vomir et je n'y toucherai plus jamais…

Depuis que je suis entré dans la maison de la Tablette, je mange plus frugalement. Les maîtres du temple à la Tête Haute ont l'habitude de dire : « Un scribe à l'étude, c'est comme un soldat qui se bat mieux le ventre creux. Une trop longue digestion nuit à la réflexion. »

N'ayant jamais assisté à la moindre bataille, j'ignore si ce qu'on dit des soldats est vrai, mais je peux assurer que les élèves de ma classe réfléchissent beaucoup et passent peu de temps à digérer. Galettes dures et eau à peine fraîche, tel est notre ordinaire. De temps en temps, quelques dattes et puis c'est tout !

Tout cela pour dire que je salive par avance en pensant au banquet qui m'attend. La porte de la grande salle de réception s'ouvre devant nous, et je déchiffre au passage les exhortations du dieu Marduk, peintes en rouge sur l'encadrement : *Tant que je pose mon regard sur toi, tu garderas la vie. Mais nourris ceux qui ont faim et donne à boire à ceux qui ont soif.*

Voilà d'excellentes paroles que semblent apprécier les invités, à voir la précipitation avec laquelle ils se bousculent pour entrer.

Dans la maison de mon père, nous prenons nos repas sur un plateau posé à même le sol, et nous mangeons avec nos doigts. À l'école des scribes, élèves et maîtres sont assis sur des tabourets bas – mais ils mangent aussi avec les mains. Au palais royal, tout est différent, et d'abord, on utilise des plats individuels, en se servant d'une cuillère et d'un couteau. Ensuite, de nombreuses petites tables pour quatre personnes sont dressées dans la grande salle. La reine Sémiramis dîne seule, et non loin d'elle, les eunuques chargés des boissons aromatisent et épicent les vins avec des écorces de cannelle et de gingembre.

Les hommes sont séparés des femmes. La princesse Naqui'a occupe une tablée de filles nobles (celle du héraut, du grand échanson, et une autre que je ne connais pas) ; plus loin, le prince Adad-Nirari et deux garçons mènent grand tapage sous le regard réprobateur de la reine ; le prince Tarah, les ambassadeurs d'Égypte et des petits royaumes partagent des tables d'honneur.

J'ignore où je dois prendre place – le vieux Saduqa est resté au temple, et je n'aperçois aucun autre scribe… – quand un serviteur me tire par la manche.

– Es-tu Nabu-bel-Shu ?

– C'est moi-même… je cherche…

– Voici les paroles de la reine : une place attend le scribe Nabu-bel-Shu à la table de l'héritier.

–Moi ? À la table du prince ?

–Permets-moi de te conduire.

Je mentirais si je disais que la perspective de m'asseoir en face de l'héritier m'enchante. La reine pense peut-être me faire plaisir ? Ne sachant pas trop quelle attitude adopter, je salue poliment les trois garçons qui se goinfrent de gâteaux de miel, et à ma grande surprise, Adad-Nirari m'accueille en souriant.

–Nabu ! Enfin te voilà !

–La protection de Marduk soit sur l'héritier désigné... J'espère que... Je ne voulais pas vous déranger, mais...

–Me déranger ? Mais pas du tout. D'ailleurs j'ai insisté auprès de ma mère pour t'avoir à ma table !

Les trois garçons s'esclaffent devant mon air ahuri.

–Nos relations ont mal commencé et c'est entièrement ma faute, dit le prince. Je t'ai un peu « bousculé » avec mon char... mais je voulais seulement m'amuser à tes dépens. Accepte mes excuses, oublions le passé et soyons amis.

Je ne comprends toujours pas ce soudain revirement, mais les paroles suivantes du prince m'éclairent enfin.

–Mon cher Nabu, ce n'est un secret pour personne... je ne m'entends pas avec mes maîtres... ce sont de vieux boucs qui me punissent sans cesse. Et imagine-toi qu'ils voudraient me donner le fouet lorsque je me trompe ! Le fouet à moi, le prince héritier ! J'ai demandé à ma mère de les renvoyer et elle a fini par accepter... à condition que tu prennes leur place.

– Moi ?

– Oui, toi. La reine est persuadée que je ferai des progrès si tu t'occupes de moi – il paraît que tu as appris à lire à ma cousine Naqui'a.

– Eh bien... en fait, la princesse était très motivée. Ce fut un jeu d'enfant de lui apprendre à lire.

Le prince fronce les sourcils, et une lueur d'impatience brille au fond de ses yeux noirs.

– Insinuerais-tu que je suis moins motivé que ma cousine ? Tu dois savoir ceci, Nabu : l'an prochain, je quitterai Babylone pour aller à Tarbishu* dans la maison de la Succession, et je dois savoir parfaitement lire et écrire d'ici là. Rends-moi service, aide-moi, et je ne t'oublierai pas, le moment venu.

Pourquoi pas, après tout ? La reine a raison. Adad-Nirari fera davantage de progrès en suivant l'exemple d'un garçon de son âge qu'en écoutant à contrecœur des professeurs qu'il déteste ! Je m'assois donc, moi, Nabu-bel-Shu, fils d'un humble artisan, à la table de l'héritier du plus puissant royaume de l'Univers. Servir le futur grand roi de la Totalité, quelle perspective, quel honneur !

Soudain, une musique s'élève. Le maître des festivités donne le signal et, sur deux rangs face à face, les danseuses évoluent gracieusement au rythme des instruments. Les battements de mains des spectateurs, les rires et le brouhaha des conversations sont étourdissants. Les convives ne cessent de boire que pour applaudir, des hommes se lèvent en titubant, certains s'endorment. Ceux qui roulent à bas de leur tabouret sont prestement saisis sous les bras par des serviteurs et emportés hors de la salle.

Les plats les plus raffinés se succèdent sur les tables, et l'un d'eux me plaît au point que j'en rédigerai un jour la recette pour la donner à ma mère. Il s'agit d'une tourte aux petits oiseaux. La difficulté consiste à capturer plusieurs douzaines de moineaux, de mésanges, de courlis et d'avocettes. Les cuisiniers du palais paient des gamins pour en capturer au bord du fleuve et les mettre en cage.

La perspective d'être débarrassé de ses maîtres enchante Adad-Nirari qui est d'excellente humeur, tout comme ses deux compagnons. Ils se nomment Mannu et Muttakil, et ils sont ses porteurs de bouclier. Cela signifie, m'expliquent-ils, qu'ils protègent le prince des flèches ou des javelots ennemis pendant la bataille.

–Cela doit être dangereux... En vérité, je ne connais rien aux armes ni aux chars...

–Ton arme, c'est le calame, s'esclaffe Mannu. Ce n'est pas avec ça qu'on conquiert des royaumes!

–Conquérir des royaumes ne suffit pas: il faut aussi les administrer... et cela ne peut se faire qu'avec le calame.

–Nabu a raison, dit le prince, et vous êtes deux ignorants.

Il lève la main pour appeler un serviteur.

–Apporte-nous un peu de vin épicé!

–Désolé, seigneur, mais je ne peux pas. Vous savez bien que les vins épicés sont réservés aux adultes... et vous n'avez pas encore douze ans.

–Je vais en avoir treize! Bon... donne-nous du vin de palme! Je suppose que nous pouvons goûter du vin de palme?

–Eh bien, je... sans doute... Je n'ai pas reçu d'instructions...

Un instant plus tard, le serviteur revient et pose une jarre sur notre table. Adad-Nirari sert un énorme pichet à chaque convive. Je frémis rien qu'à le regarder.

– Seigneur, vous êtes très aimable et je vous remercie, mais je préfère ne pas boire…

– Allons, Nabu, pour fêter notre toute nouvelle amitié ! D'ailleurs, tu ne risques rien : ce vin est tellement coupé d'eau qu'on croirait boire du jus de grenade !

Mannu et Muttakil se lancent un défi à qui boira le plus vite, et ils avalent d'un trait le contenu de leur pichet.

– À nous, Nabu ! dit le prince.

Je trempe mes lèvres dans le liquide aux reflets ambrés.

– Allez, Nabu ! crient Mannu et Muttakil.

Je trouve le vin de palme trop sucré, et un instant je suis tenté de tout recracher, mais je n'ose pas. « Scribe ! Tu n'as pas fini ton pichet ! » se moque Mannu. Le prince s'essuie la bouche d'un revers de manche. En grimaçant, je termine mon vin – j'ai bu trop vite et j'ai avalé de travers ! Muttakil m'assène de grandes claques dans le dos, je tousse, j'ai les larmes aux yeux. Quand je reprends mon souffle, ma vue se brouille. On dirait qu'un incendie consume mes joues, et mes yeux sont brûlants ! Le prince verse encore du vin dans les pichets. Mannu et Muttakil se querellent à propos de… je n'en ai aucune idée, et probablement eux non plus. Ma tête tourne, je ris comme un idiot et je manque tomber du tabouret.

– Eh bien, dit une voix, si je m'attendais à ça !

Je plisse les paupières pour identifier qui vient de parler, mais je ne reconnais pas cette voix... On dirait la princesse Naqui'a, mais ce n'est certainement pas elle – la princesse ne porte pas ses cheveux relevés en nattes de chaque côté de sa tête... Je tends la main pour toucher une natte... et la fille a disparu. Comment est-ce possible ? Je ne l'ai pas quittée des yeux !

Soudain, je suis pris d'un hoquet, puis d'un terrible haut-le-cœur et je m'accroche des deux mains à la table. J'entends des rires qui viennent de très loin, de très très loin et, au prix d'un effort surhumain, je me lève... et je renverse mon tabouret.

Il fait trop chaud, je dois sortir, aller prendre l'air. Ce vin de palme m'a rendu malade, heureusement que la princesse Naqui'a ne me voit pas dans cet état. Je fais un pas, puis un autre, et encore un autre. On me bouscule, je manque tomber et la poigne solide d'un garde me retient.

– Où vas-tu par ici, gamin ?

– Je ne suis pas un gamin ! Je suis Nabu-bel-Shu, le scribe royal, et le prince héritier est mon élève !

– Scribe royal ou pas, tu n'as rien à faire de ce côté…

Oh, que je suis mal ! C'est la première et la dernière fois que je bois du vin de palme, je le jure par Sîn* et par Shamash* !

Je voudrais sortir du palais et rentrer directement au temple à la Tête Haute, mais je suis incapable de retrouver mon chemin, et les serviteurs se moquent de moi. L'un d'eux saisit ma manche et me fait tourner plusieurs fois. Je tombe à quatre pattes et je reste un long moment avant de me relever.

À présent, je marche. Je marche.

C'est étrange, je ne suis plus dans le palais, mais je ne suis pas non plus dans une rue de la cité. Autour de moi, j'entends bruire des feuillages. Quelque part, une chouette hulule. Je m'allonge sous un buisson et je ferme les yeux.

Dans mon rêve, la déesse Ishtar rend visite à Ereshkigal, sa sœur ennemie, dans le Pays sans retour. Elle franchit l'une après l'autre les Sept Portes qui mènent au Grand En-Bas, mais elle doit à chaque fois se débarrasser d'un vêtement ou d'un attribut divin. C'est donc toute nue et désarmée qu'elle arrive devant sa sœur, qui la retient prisonnière. Alors Ishtar hurle son désespoir et le grand dieu Ea, compatissant, part à sa recherche.

– Voici des cheveux prélevés sur son peigne… et puis de la terre foulée par ses pieds…

– Bien…

– Des miettes provenant de son repas… ainsi qu'un fragment de tissu imbibé de son parfum…

Le grand dieu Ea ramène la déesse Ishtar sur la terre des vivants… Ce n'était heureusement qu'un rêve… mais les voix que j'entends, elles, sont bien réelles.

– Tu as fait de l'excellent travail, et tu recevras ta récompense : vingt sicles dont la moitié en or, comme promis. Maintenant, rejoins vite ta maîtresse avant qu'elle ne remarque ton absence.

– Elle ne s'apercevra de rien : elle est déjà endormie.

J'ouvre un œil, mais il fait trop sombre pour distinguer quoi que ce soit. La première voix est celle d'un homme. Il parle la langue des Babyloniens, mais avec un accent que j'ai du mal à identifier. La deuxième voix est celle d'une femme, sans aucune trace d'accent.

Maintenant, je sais où mes pas titubants m'ont porté : je suis au beau milieu des jardins suspendus*, parmi les plantations de pins et de sapins de Sangibu, de cyprès et de cèdres d'Amurru, de platanes, de térébinthes et de lauriers!

Je dois me trouver quelque part sur la première terrasse. Je me soulève sur les coudes et je retiens un gémissement car j'ai l'impression que ma tête va éclater. À cet instant, les nuages qui masquaient la lune s'éloignent, et un rai de lumière pâle balaye les vergers de palmiers dattiers, de genévriers et de pistachiers. À quelques pas de moi se dresse la silhouette d'un arbre gigantesque, et je me souviens des paroles de Naqui'a lorsqu'elle m'a fait visiter les jardins pour la première fois:

–C'est le shan-bar* et il est haut de quarante coudées[1]. Il poussait sur une berge de la rivière Ulaia en pays d'Élam. Ses fruits sont immangeables, mais on se sert de sa résine pour soigner les malades qui ont de la peine à respirer.

L'homme et la femme se tiennent tout près de l'arbre. La femme tend à l'homme ce qui semble être un petit sac, puis elle disparaît dans l'obscurité, tandis que l'homme reste debout sous l'arbre. Alors il accomplit un geste curieux: il se retourne, il écarte les bras et enlace le tronc énorme.

1. Environ 42 cm.

Un long moment s'écoule. Je reprends peu à peu mes esprits.

Les cheveux, la terre, les miettes, le morceau de tissu… Un rituel magique se prépare, et le hasard a fait de moi le témoin invisible de ces préparatifs… mais qui est la victime et qui sont les comploteurs ? Très discrètement, je me relève et je me dissimule derrière un arbuste. L'homme s'écarte enfin de l'arbre géant et il s'éloigne à travers les herbages fleuris de renoncules, de trigonelles et de mélilots. J'hésite un bref instant puis je me décide. Le seul moyen de connaître la vérité, c'est de suivre cet homme.

6

Le temple de Nergal

Dans le silence de la nuit, nous traversons les vergers plantés sur la première terrasse. L'homme se déplace à pas mesurés, s'immobilisant parfois pour repérer son chemin. Je dois faire très attention pour ne pas éveiller ses soupçons : je marche quand il marche, je m'arrête quand il s'arrête. Mes yeux se sont peu à peu habitués à l'obscurité, et je constate que l'inconnu est de haute taille, qu'il est enveloppé dans un long manteau, la tête couverte d'une capuche. Quelque chose dans son allure me semble familier – j'ai déjà vu cette démarche, mais où et quand ? Je cherche dans mes souvenirs.

Quelque part dans l'enceinte du palais, un chien donne furieusement de la voix, et l'homme interrompt sa marche pour écouter. D'autres molosses aboient

– sans doute ont-ils senti l'odeur d'un chat en maraude. L'homme repart.

Le mur d'enceinte du palais est percé à intervalles par des petites ouvertures noyées dans la maçonnerie : pendant la journée, elles sont utilisées par les serviteurs, les jardiniers, le personnel des cuisines – tous ceux que leur emploi oblige à faire de fréquentes allées et venues entre le palais et la cité, et qui ne sont pas autorisés à emprunter la grande porte d'honneur. L'homme disparaît soudain dans un renfoncement. Il passe par une entrée de service ! Je me précipite à sa suite, avant qu'il ne me fausse compagnie. Heureusement, j'aperçois sa haute silhouette qui s'éloigne de l'autre côté de la Voie processionnelle. Je presse le pas.

C'est la première fois que je traverse Babylone en pleine nuit, et ce silence auquel je ne suis pas habitué m'angoisse un peu. J'aurais peut-être dû aller trouver le majordome ou le héraut du palais et répéter ce que j'ai entendu dans les jardins suspendus ? Malheureusement, il est trop tard pour faire demi-tour… Je dois voir le visage de cet individu qui prépare un rituel magique… car le rituel magique conduit à l'envoûtement, et l'envoûtement est un crime puni par les lois de Babylone.

Mais jusqu'où va m'entraîner cette poursuite nocturne ? Après avoir tourné le dos aux jardins et marché en direction du temple à la Tête Haute, de la Ziggourat et du temple d'Ishtar, voilà que nous empruntons une des rues transversales qui mènent au fleuve.

Il y a quelques années, lorsque l'armée assyrienne du roi Shamsi-Adad vint assiéger Babylone, l'Euphrate coupait la ville en deux. Les Babyloniens qui habitaient les quartiers populaires, de l'autre côté du fleuve, étaient obligés de traverser sur des radeaux. Lorsque le courant était trop fort, les radeaux restaient à quai et les gens ne pouvaient pas se rendre à leur travail. Mais la cité ouvrit ses portes aux Assyriens et, avec l'accord de son époux, la reine Sémiramis fit construire un pont assez solide pour résister aux courants les plus tumultueux. Aujourd'hui, l'ouvrage est solidement planté sur ses sept piliers de pierre, et il relie la vieille cité de la rive droite aux quartiers neufs de la rive gauche. C'est, paraît-il, le seul pont fixe du monde, et même les Égyptiens n'en construisent pas de semblables…

La rue empruntée par l'inconnu aboutit à l'entrée du pont, gardée par un groupe de soldats à moitié endormis. L'homme s'arrête dans l'ombre. Va-t-il s'avancer en pleine lumière vers les soldats et demander l'autorisation de passer ? Cela me permettrait de l'identifier… mais non ! L'homme bifurque à gauche et marche le long du quai.

Nous arrivons près d'un lieu que redoutent les Babyloniens : le temple de Nergal.

Nergal est le dieu des Enfers. En compagnie de son épouse Ereshkigal, il règne sur le Pays sans retour, dans une grande cité entourée de sept murailles. Dans son palais aux murs sombres, il accueille les âmes des défunts.

Nergal inspire le respect, mais aussi la crainte – on raconte que ses prêtres ne se contentent pas de sacrifier des animaux… et on explique ainsi certaines disparitions…

Comme le palais, le mur d'enceinte du temple de Nergal comporte plusieurs petites entrées de service, et l'homme franchit l'une d'elles. Je m'approche prudemment, et je jette un coup d'œil de l'autre côté de l'enceinte. À la clarté de la lune, je vois l'homme disparaître dans le temple par une entrée latérale. Je me risque à traverser l'esplanade.

À la différence des autres temples, celui de Nergal n'a pas d'étage. Son entrée principale et ses entrées latérales sont triangulaires, et leur encadrement est peint de signes étranges que je ne sais pas déchiffrer – probablement des prières au dieu… ou bien des menaces contre ceux qui s'avisent d'entrer dans le temple sans sa permission.

Mais je ne suis pas venu jusqu'ici, je n'ai pas pris le risque de pénétrer dans le temple de Nergal pour abandonner maintenant que je touche au but ! À mon tour je franchis l'entrée latérale…

Je découvre un couloir éclairé par des lampes à huile. La lumière écarlate éclabousse des bas-reliefs et des statues. Les bas-reliefs représentent l'interminable cortège des morts qui traversent le désert du Grand En-Bas pour aller se prosterner aux pieds du dieu Nergal et de son épouse. Et les statues… je n'ai jamais rien vu de pareil : une dizaine de créatures de pierre, mi-hommes mi-scorpions, hommes jusqu'à la ceinture et scorpions au-dessous…

J'évite de les regarder trop longtemps. Une sueur glacée me fait frissonner. Je remonte le couloir, je traverse une salle sombre et silencieuse, puis une autre salle… et soudain, derrière un rideau de lin, j'entends des voix.

Si quelqu'un vient et me trouve ici, que se passera-t-il ? Je tremble à cette idée… mais la curiosité est la plus forte. J'écarte le rideau du bout des doigts : j'aperçois une statue de pierre noire – il s'agit du dieu Nergal – devant laquelle deux hommes sont prosternés.

Au bout d'un moment, les deux hommes se relèvent. Celui que j'ai suivi depuis les jardins du palais abaisse sa capuche… et je reconnais le prince Tarah, ambassadeur des Élamites. L'autre est un individu au teint pâle et aux yeux profondément enfoncés dans leurs orbites. Son crâne et ses sourcils sont rasés.

Le prince Tarah. Je comprends à présent pourquoi la démarche de l'homme que j'ai suivi me semblait familière… et je comprends aussi sa prière à l'arbre shan-bar transplanté de son pays dans les jardins suspendus.

– Akourgal, dit le prince d'une voix assourdie, le moment est venu : cette nuit ou jamais.

Ainsi, l'homme au crâne rasé n'est autre qu'Akourgal, le grand prêtre du temple de Nergal. Sa réputation de sorcier a franchi depuis longtemps les murs de Babylone et même les frontières du royaume. On prétend que certains voyageurs viennent de très loin pour s'assurer ses services.

– As-tu apporté ce que je t'ai demandé ?

– Oui, répond Tarah.

Et il tire des replis de sa tunique le petit sac que lui a remis la femme.

Akourgal jette un regard à l'intérieur du sac. Il hoche la tête.

– De mon côté, j'ai réussi à me procurer une copie de son horoscope, dit-il en tendant une tablette d'argile au prince.

– Je regrette, mais je ne sais pas lire.

– Voici ce que dit l'horoscope: la reine Sémiramis est née sous la conjonction d'Ishtar et Adad*, en un cycle lunaire que les astrologues appellent la maison du Dragon.

La reine Sémiramis! Le complot vise la Dame du palais! J'écoute de toutes mes oreilles.

– Ainsi que tu le souhaites, j'ai choisi le procédé le plus rapide, continue le grand prêtre, mais c'est aussi le plus dangereux. Recule-toi.

Sur une table placée au pied de la statue de pierre noire sont posés un petit coffre et un panier d'osier. Akourgal repousse le couvercle du panier.

Immobile derrière le rideau, je retiens mon souffle. J'entends un léger frottement. Tout à coup, un serpent noir se dresse hors du panier, et Tarah se pétrifie. Le serpent se balance lentement d'avant en arrière, prêt à projeter en avant sa tête triangulaire et à planter ses crochets mortels dans le prêtre de Nergal. Les yeux jaunes à la pupille fendue observent Akourgal, et Akourgal observe le reptile.

De sa main droite, le grand prêtre de Nergal trace des signes dans l'air, et le serpent arrête son balancement. Aussitôt, de sa main gauche, Akourgal le saisit derrière la tête et approche la gueule béante de son visage.

En sifflant rageusement, le serpent s'enroule autour du poignet qui le maîtrise. Une goutte de venin perle à chacun de ses crochets.

Un coutelas apparaît dans la main droite d'Akourgal qui tranche la tête noire. La tête roule sur le dallage, et les crochets mordent un pied de la table. Le reste du corps se tortille autour du poignet. Akourgal le fait claquer comme un fouet, rompant les vertèbres.

Il dépèce ensuite le reptile et jette la chair sanguinolente dans le panier, ne gardant que la peau qu'il étale sur la table. Puis il vide le petit sac dans un mortier de grès, et verse le contenu d'un flacon par-dessus.

– Une décoction de laurier et de pavot, précise-t-il.

À l'aide d'un pilon, il malaxe le tout jusqu'à obtenir une pâte de forme oblongue qu'il glisse dans la peau de serpent avant de la nouer aux deux extrémités.

– Maintenant, dit Akourgal, protégeons-nous d'un éventuel choc en retour.

Du coffret, il tire un bloc de gélatine qu'il amollit et sculpte à l'image d'une créature agenouillée, tête énorme, menton inexistant et yeux malveillants à multiples facettes. De quel « choc en retour » parle-t-il, et que va-t-il faire de cette sculpture ? Au moment où je me penche pour mieux voir, quelqu'un crie dans mon dos :

– Que fais-tu là, esclave ? Tu sais bien que…

Je me retourne pour me trouver nez à nez avec un personnage décharné, enveloppé dans des lambeaux de robe brune – un vieux prêtre de Nergal.

– Mais… s'étrangle-t-il, stupéfait, qui es-tu et…

Il veut me barrer le passage mais je le bouscule. Le prêtre tombe et je l'enjambe d'un bond mais il s'agrippe à ma robe. J'entends les hurlements d'Akourgal et du prince Tarah. S'ils me prennent, je suis mort ! Une ruade et le prêtre lâche ma robe. Je cours à perdre haleine !

Alors s'élève une incantation. Je reconnais la voix d'Akourgal, mais elle est si déformée qu'on croirait entendre mugir un taureau. J'arrive dans le couloir aux bas-reliefs, et l'incantation semble provenir de partout à la fois.

En guise de réponse, des pattes cornées griffent les dalles et des pinces s'entrechoquent.

Les statues de pierre s'animent, les hommes-scorpions* se lancent à ma poursuite !

7

Les hommes-scorpions

Quand j'étais petit, ma mère suspendait dans ma chambre des tablettes gravées, pour me protéger des cauchemars. La plupart du temps, je dormais tranquillement, mais il arrivait que les tablettes ne fassent aucun effet, et je me réveillais en hurlant.

Cette nuit, je ne rêve pas. Partout où mon regard se pose, c'est la même horrible vision : les créatures de pierre s'animent et, encore engourdies, déplient leurs pattes. Les hommes-scorpions ont tronc humain mais, à la place de bras, ils tendent leurs pédipalpes munis d'énormes pinces. Leur poitrine s'interrompt au premier segment d'un corps aplati, prolongé par une longue queue articulée.

Une musique lente aux sonorités étranges enveloppe les incantations d'Akourgal :

– *Caru alg, bor benz, gurman bolven! Caru alg, bor benz, gurman bolven!*

Des pinces se tendent vers mes chevilles, je fais un saut de côté.

Les visages de ces hommes-scorpions sont des masques de férocité, mais aucun son ne franchit leurs lèvres de pierre. Quel terrible venin contient l'aiguillon qui prolonge leur queue recourbée ? Pour courir plus vite, j'ai relevé ma robe. Enfin, je me retrouve dehors mais j'ai perdu mes sandales.

Je traverse la cour du temple. Attention à ne pas glisser sur les gravillons ! Je n'entends plus la voix d'Akourgal, seulement les piétinements de ses créatures maléfiques. L'entrée de service, je suis sauvé ! Les hommes-scorpions n'oseront pas sortir du temple de Nergal !

Hélas, je me trompe ! Les corps segmentés se bousculent pour franchir l'ouverture. Nabu, mon protecteur, viens à mon secours ! Marduk, le plus puissant des dieux, protège-moi !

Nabu et Marduk ont entendu ma prière. Dans la clarté de la lune, j'aperçois les chantiers de plusieurs maisons en construction. Mes poursuivants sur les talons, je saute par-dessus des coffrages*, j'escalade un tas de terre et de cailloux, je me hisse sur un échafaudage. Un aiguillon frappe le vide à l'endroit que je viens de quitter, des pinces cliquètent rageusement.

De l'échafaudage, je grimpe sur le toit de la maison... mais il n'y a pas encore de terrasse, juste des grosses poutres ! Une créature surgit derrière moi sur le toit... bras étendus comme les équilibristes qui se produisent sur les marchés, je pose le pied sur la poutre centrale et j'avance. Un pas. Un autre. L'homme-scorpion tâte la poutre du bout de ses pinces. J'ai fait la moitié du chemin lorsqu'il s'avance à son tour. Je ne dois pas regarder en arrière. Dans l'obscurité, je distingue à peine les contours de la poutre, mais il ne faut pas m'arrêter. Pas m'arrêter. Un dernier pas et je serai en sécurité de l'autre côté de la terrasse. J'y suis ! Je me penche et, de toutes mes forces, je pousse la poutre. Elle bascule ! Je suis sauvé !

Je bondis sur le toit voisin.

Sa terrasse est recouverte de terre, et les ouvriers ont commencé à bâtir un muret de protection. Une échelle est dressée le long du mur ! Je me laisse glisser jusqu'au sol. Je ne vois plus mon poursuivant, mais d'autres créatures surgissent et je dois de nouveau fuir. Ma robe est déchirée, mes pieds nus saignent. Tout à coup, une idée me traverse l'esprit : les quais de l'Euphrate ! Si j'atteins les quais, j'ai une chance d'échapper aux hommes-scorpions.

Ils sont toujours à mes trousses quand j'arrive sur la berge encombrée d'embarcations. Des keleks* et des couffes* sont amarrés en attendant l'aube. Si je pouvais sauter dans l'un d'eux ! Mais les hommes-scorpions sont juste derrière moi…

Je n'ai plus qu'une issue, plonger dans les eaux boueuses du fleuve, affronter les courants, au risque de me noyer. Les créatures me cernent, leurs pinces se tendent, leurs aiguillons frémissent.

Je saute à l'eau.

Le grand canal qui traverse Babylone passe non loin de ma maison, et j'ai appris à nager en même temps qu'à marcher. Mais il y a une grosse différence entre les eaux calmes du canal et celles du fleuve, tumultueuses et gonflées par la fonte des neiges des montagnes. À peine ai-je plongé que je disparais aussitôt sous la surface. Ma robe et ma tunique me gênent. Je me contorsionne pour m'en débarrasser, j'avale quantité d'eau et je commence à m'affoler. Enfin, je suis libre de mes mouvements ! Je donne des coups de talon pour remonter à la surface, je tousse, je crache, je ne sais pas si je suis près de la berge ou si le courant m'a entraîné en plein milieu du fleuve…

Soudain, devant moi, trouant l'obscurité, des lumières. Des pêcheurs ! Je lutte désespérément pour rester à flot. J'appelle :

–À moi ! Au secours !

Nabu soit remercié, les pêcheurs m'ont entendu ! Leurs torches se rapprochent. Je me débats dans des mailles, je suis entortillé comme un barbeau. Après avoir manqué me noyer, je vais périr étranglé par les filets. Mais des gaffes me tirent vers les embarcations, et les pêcheurs protestent :

–Arrête de gigoter, tu abîmes nos filets !

–Il va nous faire perdre toutes nos prises !

–Assommez-le avec une godille !

Je supplie :

–Non, je ne bouge plus, par pitié, aidez-moi !

Et finalement, avec bien des efforts et des jurons, les pêcheurs me ramènent à bord d'une grande couffe. Une torche s'abaisse vers mon visage et je cligne des yeux.

–Il est tout nu !

–Drôle de moment pour une baignade !

–C'est probablement un esclave évadé : nous toucherons une récompense.

–Je ne suis pas un esclave, mais un scribe du temple à la Tête Haute, et je suis tombé accidentellement dans le fleuve. Maintenant, ramenez-moi sur la berge… et prêtez-moi de quoi me couvrir. Je vous récompenserai.

Je préfère dissimuler la vérité à ces hommes. D'ailleurs, ils ne me croiraient pas ! Moi-même, je me demande maintenant si je n'ai pas rêvé. Pourtant, les paroles du prince Tarah et les incantations du grand prêtre de Nergal résonnent encore à mes oreilles, et ces marques sur mes jambes n'ont-elles pas été faites par les pinces d'un homme-scorpion ?

Les premières lueurs du jour grisaillent le ciel, et je m'aperçois que le courant du fleuve m'a entraîné plus loin que je ne le pensais. Les murailles de Babylone se dressent à au moins dix portées d'arc.

Un vieux pêcheur me tend un morceau de tissu humide. À son odeur, je suppose qu'il a servi à envelopper du poisson, mais je ne peux pas faire le difficile et je me confectionne un pagne. La grande couffe ronde qui m'a accueilli émerge à peine au-dessus des flots, et elle a tendance à tourner sur elle-même, mais les pêcheurs savent se servir de leurs godilles, ils ont l'habitude de naviguer sur le fleuve. Quelques instants plus tard, je saute sur la berge boueuse où je m'enfonce jusqu'aux chevilles.

– Merci à vous, merci ! Je demanderai à Marduk de vous accorder chaque matin une pêche miraculeuse !

– Tu nous as promis une récompense !

– Vous l'aurez !

Je sens bien qu'ils doutent un peu de ma parole, mais je n'ai pas le temps de discuter. La reine est en danger, je dois la prévenir…

La main levée, je salue les pêcheurs puis je grimpe la pente herbeuse de la berge. Les oiseaux nichés dans les peupliers annoncent l'aube.

Comment décrire Babylone dans le soleil levant ? La cité semble surgir des sables comme un immense mirage, avec ses créneaux enchâssés dans les fourrés de tamaris, les roseaux du fleuve et les plantations de palmiers dattiers. Puis le soleil illumine le quartier des temples et celui du marché, les canaux, les enceintes et les portes, et fait miroiter les sept étages de la grande Ziggourat.

En d'autres circonstances, j'admirerais ce magnifique spectacle offert par les dieux, mais aujourd'hui, le temps presse et je me hâte sur la route qui mène à la cité. Je ne suis pas seul à me présenter de si bon matin : autour de moi, c'est un encombrement de colporteurs montés sur des dromadaires, de caravanes d'ânes, de familles de paysans qui viennent proposer fruits et légumes sur le marché, dans leurs chariots tirés par des bœufs. Il y a aussi des voyageurs qui ont passé la nuit à la belle étoile en attendant l'ouverture des portes. Les gardes de faction à la porte d'Enlil procèdent à des fouilles, vérifient les marchandises et prélèvent des taxes. L'officier hausse le sourcil en me voyant passer aussi peu vêtu, mais son attention est détournée par un chariot dont une roue a rompu.

Les deux gigantesques battants de la porte d'Enlil sont décorés avec seize plaques de bronze qui racontent la campagne victorieuse menée par la reine Sémiramis au pays d'Ourartou, après la mort du roi, mais je n'ai pas le temps de les admirer : je dois atteindre le temple à la Tête Haute… parler à Saduqa… Saduqa… il préviendra la reine…

Mais la fatigue me saisit, mes jambes sont de plomb, je titube au beau milieu de la rue. Les passants me regardent d'un air désapprobateur, et des enfants me jettent des épluchures. Atteindre le temple… Je dois parler… à Saduqa. Mes oreilles bourdonnent, je frotte mes yeux brûlants. Voilà l'Esagil… le palais de Sa Seigneurie… le temple de Marduk. Des prêtres viennent à ma rencontre. C'est Bêl-Iqisa qui me parle mais je ne comprends pas ses paroles. Je tombe dans ses bras.

Je viens de perdre connaissance.

8

La marque du sorcier

Lorsque j'ouvre les yeux, je suis étendu sur une natte, enveloppé jusqu'à la taille dans une couverture. Autour de moi, je reconnais le dortoir des grands élèves scribes, désert à ce moment de la journée.

–Enfin, dit une voix, ce n'est pas trop tôt !

–Maître Saduqa…

Je peux à peine parler, comme si de la glu collait mes lèvres. Au prix d'un intense effort, je me soulève sur les coudes, puis je m'assois sur la natte et je prends mon visage dans mes mains. Les événements de la nuit me reviennent d'un coup en mémoire.

–Nabu, gronde Saduqa d'un ton sévère, je suis très mécontent. D'abord, tu ne rentres pas au temple après le festin et tu passes la nuit dehors… ensuite tu réapparais au petit jour, puant le poisson et à peine vêtu d'un vieux chiffon ! J'ignore à quelles occupations tu t'es livré, mais j'aimerais entendre tes explications !

– Maître, je vous supplie de me croire : cette nuit, j'ai risqué ma vie, et la Dame du palais est en grand danger.

– Qu'est-ce que tu racontes, Nabu ? Si tu essaies d'inventer des histoires à dormir debout pour éviter la punition, je te préviens que ma patience a des limites !

Tout expliquer, oui, mais par où commencer ? Sourcils froncés, Saduqa m'observe d'un air furieux.

– Maître, je vous en supplie, soyez patient avec moi car je n'ai jamais été aussi près que cette nuit de partir pour le Pays sans retour. D'abord, hier soir pendant le festin, j'ai bu du vin de palme qui m'a rendu malade… J'ai quitté la grande salle pour rentrer au temple mais je me suis égaré. J'ignore comment je suis arrivé là, mais le fait est que je me suis endormi dans les jardins suspendus… sur la première terrasse, non loin de l'arbre shan-bar géant.

– Tu as bu du vin de palme, à ton âge ? À présent, je comprends ton état ! Tu devrais avoir honte !

– Attendez, maître, laissez-moi continuer : pendant que j'étais allongé, dissimulé par un buisson, j'ai surpris une conversation entre une femme et un homme.

La femme apportait à l'homme des cheveux de la reine Sémiramis, des miettes de son repas, de la terre foulée par ses pieds, un lambeau de tissu…

– Nabu, demande Saduqa en pâlissant, est-ce que tu es sérieux ?

– Ensuite, l'homme et la femme se sont séparés, et j'ai suivi l'homme jusqu'au temple de Nergal. Je suis entré dans le temple et là, dans le sanctuaire, voici ce que j'ai vu de mes propres yeux : le grand prêtre Akourgal a tué un serpent, l'a écorché et s'est servi de sa peau pour enfermer cheveux et miettes, tout ce qui avait appartenu à la reine… puis il a modelé un bloc de gélatine en forme de créature repoussante, et il a dissimulé la peau de serpent et son contenu à l'intérieur de sa statuette.

– Une créature repoussante, dis-tu ? À quoi ressemblait-elle ?

– Je ne sais pas trop… peut-être à un crapaud, mais je ne distinguais pas très bien…

À présent, Saduqa ne semble plus douter de mon récit, et il demande :

– L'homme… as-tu vu de qui il s'agissait ?

– Oui, maître. Pas immédiatement, mais lorsqu'il a baissé le capuchon de son manteau. Je ne l'avais aperçu qu'une seule fois, mais je ne risquais pas de l'oublier: c'était le prince Tarah, l'ambassadeur des Élamites.

Le vieux scribe hoche la tête.

– Oui, bien sûr, il fallait s'y attendre, marmonne-t-il entre ses dents avant de poser une autre question: Que s'est-il passé ensuite?

– Un prêtre m'a surpris, il a donné l'alarme, et je me suis enfui. Maître, croyez-moi si vous voulez, mais j'étais poursuivi par des hommes-scorpions: pour leur échapper, j'ai plongé dans le fleuve où je me serais noyé sans l'intervention de braves pêcheurs.

– Des hommes-scorpions?

– Parfaitement! Au départ, c'étaient de simples statues de pierre… et puis elles se sont animées quand Akourgal a prononcé des paroles magiques et…

– Akourgal prononçait des incantations… Entendais-tu aussi une musique?

– Oui, il y en avait une… mais je n'y ai guère prêté attention… j'étais trop occupé à courir!

– Comme tous les prêtres de Nergal, Akourgal est un maître de l'illusion, déclare pensivement Saduqa.

– Vous voulez dire que les hommes-scorpions n'étaient pas réels? Vous pensez que j'ai escaladé des maisons en construction, fait de l'équilibre sur une poutre et plongé dans le fleuve pour échapper à un danger qui n'existait que dans mon imagination ?

– Calme-toi, Nabu !

– Je vois ce que c'est : vous ne me croyez pas !

– Si, je te crois, et je comprends maintenant ton piteux état, après une pareille nuit. Mais dis-moi, Nabu, et réfléchis bien avant de répondre car c'est très important : as-tu oublié ou perdu un objet personnel durant ta fuite ?

– Non, à part ma robe et ma tunique qui sont parties dans l'eau du fleuve... oh !...

– Quoi donc ?

– Mes sandales ! Je les ai perdues en m'enfuyant du temple de Nergal ! Maître, que va-t-il se passer ?

La peur m'envahit, mes cheveux se hérissent sur ma nuque et une sueur glacée coule le long de mon dos. Saduqa pose ses mains sur mes épaules et plonge son regard dans le mien.

– Détends-toi, Nabu ! Tu es notre seul témoin, et avant toute chose, nous allons te protéger contre une tentative d'envoûtement...

– Mais il est peut-être déjà trop tard ? Comment savoir ?

– Si c'était déjà trop tard, tu n'aurais pas eu loisir de tout me raconter. Il est probable que tes sandales ont été retrouvées, mais heureusement, pratiquer la magie noire demande une énorme dépense d'énergie, et Akourgal doit récupérer des forces après ses exploits de cette nuit. Peux-tu te lever?

Lentement, je me redresse, je me mets debout, mais au moment de faire un pas en avant, une faiblesse me prend et je manque tomber. Saduqa me rattrape par le bras.

–Doucement… je vais t'aider. Suis-moi.

Voici le logement du scribe principal. Je m'attendais à trouver un bel appartement, des pièces richement décorées… Rien de tout cela, mais une modeste cellule aux murs blanchis à la chaux. Une natte de repos, une table, deux tabourets sans coussin et un coffre en osier pour les vêtements, voilà tout le mobilier. Des piles de tablettes d'argile sont rangées dans une niche du mur.

Saduqa m'indique un tabouret, puis cherche un moment dans ses tablettes. Enfin il se retourne vers moi.

–Deux solutions s'offrent à nous. La première consisterait à t'enfermer dans un «cercle de protection»… c'est de loin la plus efficace, mais une fois enfermé dans le cercle, tu ne serais plus libre d'aller et venir, et j'ai besoin de toi.

–Qu'est-ce qu'un cercle de protection?

–On peut le tracer avec de la farine ou bien du charbon de bois… Il est infranchissable pour les démons que pourrait invoquer Akourgal…

–Et la deuxième solution ?

Saduqa fouille dans le coffre en osier.

–Attends un instant… voilà, je l'ai. Cette tablette fut gravée il y a très longtemps par un fameux exorciste. Suspendue par un lien autour de ton cou, elle combattra les influences néfastes… jusqu'à un certain point.

–Que voulez-vous dire par « jusqu'à un certain point » ?

–Ce n'est pas le moment de discuter, Nabu.

On voit bien que ce n'est pas lui qui risque d'être envoûté ! La tablette séchée au soleil puis cuite au four est si vieille que ses pictogrammes sont presque effacés. J'aimerais bien les déchiffrer à la pointe de mon calame, mais que pourraient-ils m'apprendre ? Il s'agit sans doute d'une incantation qui a le pouvoir de chasser les démons. Je passe le lien de cuir autour de ma tête, et la tablette repose maintenant sur ma poitrine.

–Maintenant, allons au palais, dit Saduqa, mais à mon avis, il est déjà trop tard et l'envoûtement de la reine a commencé cette nuit, pendant son sommeil.

J'ai passé une tunique propre et emprunté des sandales. Mes forces sont revenues quand je franchis la petite porte de l'Étonnement en compagnie de Saduqa. Je voudrais presser le pas pour arriver plus vite, mais Saduqa marche lentement. Pourquoi n'a-t-il pas fait appel à des porteurs de litière du temple de Marduk? Je lui pose la question mais il ne répond pas. Il est plongé dans ses pensées, et ses lèvres remuent – il parle tout seul.

Tout au long du chemin, je ne cesse de tripoter la tablette qui pend à mon cou. Son charme sera-t-il assez puissant pour me protéger de la magie d'Akourgal? Comme s'il était capable de lire dans mes pensées, Saduqa se tourne vers moi et dit:

– Akourgal sert Nergal le Soleil noir, mais Marduk et les autres dieux nous protégeront, il faut avoir confiance.

Marduk est le plus puissant des dieux, son temple est là pour nous en convaincre, et plus encore que le temple, il y a la grande Ziggourat qu'on nomme aussi « maison du Fondement, du Ciel et de la Terre ». Chaque matin, comme tous les Babyloniens, je contemple sa silhouette qui émerge au-dessus de l'enceinte. Sa base consacrée à Adad est noire, le deuxième étage consacré à Ishtar est du blanc le plus pur, le troisième étage est pourpre – la couleur de Marduk –, le quatrième est bleu, pour le plaisir de Nabu, le cinquième est écarlate et il est consacré à Nergal, et le sixième argenté car c'est l'étage de Sîn, le dieu lunaire. Enfin, le septième étage flamboie de l'or de Shamash, le dieu soleil. Telle est la grande Ziggourat !

– Maître, est-ce que je peux vous poser une question ?

– Oui, bien sûr.

– Pourquoi le prince Tarah cherche-t-il à nuire à la Dame du palais ?

– Depuis la disparition de notre roi Shamsi-Adad, les Élamites cherchent à affaiblir le royaume, et maintenant Tarah voudrait s'emparer du trône… C'est dans ce but qu'il a proposé d'épouser la princesse Naqui'a. Heureusement, la reine Sémiramis a déjoué son plan… et pour se venger, Tarah cherche à l'éliminer.

– Mais cela ne servira à rien puisqu'il y a déjà un héritier désigné : le prince Adad-Nirari.

– La reine Sémiramis succombe à un envoûtement, le prince est victime d'un « accident », et le trône devient libre… ou plutôt, il appartient à celui qui épouse la princesse Naqui'a, dernière héritière.

– Je comprends… mais qu'est-ce que cela rapportera à Akourgal ?

– Il espère probablement que, sous le règne d'un Élamite, Nergal supplantera les autres dieux de Babylone.

Quelle horreur ! Avec Nergal comme dieu tutélaire, les Babyloniens connaîtront de nouveau les sacrifices humains, et nous vivrons une existence de terreur !

Saduqa pose sa main sur mon épaule et ajoute, pour me redonner courage :

– Heureusement, grâce à toi, nous avons identifié nos ennemis et nous connaissons leurs intentions… mais nous devons nous méfier tout particulièrement d'Akourgal, qui est un individu dangereux. J'ai été son maître autrefois et je le connais bien.

– Vous avez été son maître ?

– C'était il y a fort longtemps. Il a ensuite quitté Babylone pour voyager… J'ai entendu dire qu'il s'était aventuré en des lieux interdits, où il a appris à utiliser la magie noire.

– Si Akourgal est un magicien aussi puissant que vous le dites, nous sommes vaincus d'avance.

– Akourgal est un puissant magicien mais il est orgueilleux… trop sûr de lui… voilà sa faiblesse.

J'ignore ce que Saduqa veut dire, j'essaie d'imaginer ces lieux interdits où Akourgal est devenu un sorcier redoutable. Ainsi, la maison de la Tablette ne voit pas seulement passer de braves scribes, des médecins et des astronomes, des astrologues et des devins… mais parfois des personnages peu recommandables.

Nous arrivons devant l'entrée du palais, et nous comprenons tout de suite qu'il se passe quelque chose de grave. Les soldats sont nerveux, le capitaine des gardes vient à notre rencontre.

–Vous voilà enfin ! Un messager était parti vous prévenir mais…

–Où est la Dame du palais ?

–C'est justement d'elle qu'il s'agit. Depuis son retour du festin, la reine est plongée dans un profond sommeil…

–Écoute-moi attentivement, Adad-bela-Ukin. En tant que doyen du Conseil de régence, c'est à moi de prendre les décisions. D'abord, toutes les portes de Babylone doivent être fermées. Plus personne ne quitte la cité jusqu'à nouvel ordre.

–Ce sera fait.

–Ensuite, tu feras appréhender le prince Tarah, l'ambassadeur des Élamites, et on l'amènera au palais. Compris ?

–Le prince Tarah ? Mais… s'il refuse de venir ? La personne d'un ambassadeur est sacrée.

–Tu l'amèneras au palais, de gré ou de force, répète Saduqa. À présent, Nabu, allons voir la reine.

9
La mouche noire

Les gardes postés à l'entrée des appartements de la reine nous laissent passer sans faire de difficultés. Des serviteurs silencieux errent sans but dans les couloirs sombres.

De lugubres échos résonnent entre les murs, et je reconnais les incantations maqlu qui sont censées repousser les attaques des sorcières et des sorciers. Puis j'entends un battement de tambour. L'intendant Bada nous accueille. Il se lance dans un flot d'explications mais Saduqa l'arrête d'un geste de la main.

C'est la première fois que mes pas franchissent le seuil de la chambre royale. Bada écarte le lourd rideau de cuir, et une forte odeur d'encens me prend à la gorge.

La Dame du palais est allongée sur son lit, les bras étendus de chaque côté du corps. Elle a dénoué ses torsades avant de sombrer dans le sommeil, et sa chevelure est répandue en vagues couleur de nuit sur les coussins brodés d'or.

La princesse Naqui'a est agenouillée à son chevet. Elle pleure sans bruit et serre la main gauche de la reine entre les siennes. Debout, le prince Adad-Nirari observe le manège des quatre prêtres exorcistes.

Revêtus d'une tenue sacerdotale qui les déguise en grands poissons argentés, les exorcistes ont disposé des amulettes autour de la reine, et ils scandent des prières tout en agitant leurs baguettes. Mais ils ont beau redoubler leurs incantations et accélérer les mouvements des baguettes, la reine ne réagit pas. Naqui'a tourne vers nous un visage baigné de larmes.

–Oh! mes amis, qu'allons-nous faire? Les exorcistes sont impuissants à réveiller la reine!

–Adad-Nirari, et toi aussi, Naqui'a, venez un instant, dit Saduqa. J'ai à vous parler.

Nous sortons dans une cour intérieure ombragée de palmiers.

–Qu'as-tu à nous dire qui réclame autant de discrétion? grommelle Adad-Nirari.

–Ceci, prince : les exorcistes ne réveilleront pas la reine, pour la bonne raison qu'elle a été envoûtée. Mais grâce à Nabu, nous connaissons les auteurs de l'envoûtement.

–Grâce à Nabu ? s'étonnent le prince et la princesse.

Encouragé par un signe de Saduqa, je commence à raconter mes aventures de la nuit précédente… mais Adad-Nirari hausse les épaules d'un air dubitatif.

–Allons, Saduqa, ce n'est pas sérieux ! Hier soir, Nabu était ivre comme un muletier, et il ne savait plus ce qu'il faisait. Il est tombé dans le fleuve en cherchant son chemin pour rentrer au temple !

–Si j'étais ivre, seigneur, vous en savez quelque chose ! Qui m'a obligé à boire un pichet de vin de palme ?

–Moi, je t'ai obligé à boire ?

–Comme si vous ne vous en souveniez pas ! Avec vos deux porte-bouclier, vous…

–Arrêtez, tous les deux ! intervient Naqui'a. Vous n'avez donc rien de mieux à faire que vous chamailler ? Adad-Nirari, je sais que Nabu dit la vérité… Saduqa, que nous conseilles-tu ? Que pouvons-nous faire ?

–Le capitaine des gardes va ramener le prince Tarah au palais, et nous l'interrogerons.

–Il va nier.

–Bien sûr… mais l'important, c'est de lui montrer que nous connaissons son rôle dans le complot.

–Je ne vois pas ce que cela change, grogne Adad-Nirari. Ma mère ne retrouvera pas ses esprits pour autant.

–Akourgal n'est pas le seul à savoir pratiquer la magie noire… je peux menacer Tarah du même sort qui frappe la reine.

Je doute que le prince Tarah cède aux menaces, mais nous regagnons la chambre royale. Au passage, Adad-Nirari m'adresse une grimace et me gratifie d'un bon coup d'épaule. Comme j'aimerais être plus costaud et, tout prince héritier qu'il est, lui mettre la raclée qu'il mérite !

Les exorcistes s'agitent toujours en vain autour de la reine, et Saduqa propose de passer dans une petite salle voisine, où la Dame du palais a l'habitude de recevoir des visiteurs en audience privée.

–Je vais envoyer un message au tartan* Ishme-Daiân, lui demandant d'écourter sa campagne et de revenir au plus vite à Babylone, dit Saduqa. Au cas où les Élamites profiteraient de l'état de la reine pour envahir le royaume…

–Pourquoi rappeler le tartan ? proteste Adad-Nirari. Si un ennemi menace Babylone, je sais conduire un char et…

–Commander une armée demande d'autres capacités que conduire un char.

–Ma mère n'a rien d'un soldat et pourtant elle a mené une armée à la victoire.

–C'est vrai, mais la reine est une femme exceptionnelle et…

–Quelqu'un vient ! coupe Naqui'a.

Le capitaine Adad-bela-Ukin entre dans la pièce, précédant le prince Tarah encadré par deux gardes. Le visage de l'Élamite est dur, les sourcils froncés, la bouche mauvaise. Apercevant Adad-Nirari, il l'apostrophe violemment :

–Est-ce l'habitude, à Babylone, de brutaliser les ambassadeurs ?

–Personne ne l'a brutalisé, assure le capitaine. Sachant qu'il était hébergé dans la maison de Shutruk, le riche marchand élamite, je l'ai invité à venir au palais, mais le prince a commencé par refuser et comme j'insistais, il s'est mis en colère… il m'a insulté et…

–Les soldats menaçaient de me lier pieds et poings comme un vulgaire malfaiteur !

–Calmez-vous, prince Tarah, intervient Saduqa. Si on vous a amené ici, c'est pour répondre à une très grave accusation.

– Laquelle ?

– Celle d'avoir comploté l'envoûtement de la reine Sémiramis.

– Ridicule ! Qui m'accuse ?

– Moi, Nabu.

Je fais un pas en avant, et je salue le prince Tarah dont les yeux me transperceraient s'ils étaient des poignards. Sa main droite se crispe à plusieurs reprises, comme si elle cherchait la poignée de son épée… Heureusement, les soldats ont désarmé le prince. Nos regards s'affrontent et je déclare d'une voix aussi ferme que possible :

– J'étais dans les jardins suspendus lorsque votre complice, probablement une suivante de la reine, vous a remis des objets appartenant à sa maîtresse. Je vous ai ensuite suivi jusqu'au temple de Nergal où j'ai assisté au rituel d'envoûtement…

– Ce gamin raconte n'importe quoi ! proteste Tarah. Après le festin, j'ai quitté le palais avec ma suite pour regagner directement la maison de Shutruk où j'ai passé la nuit.

– Votre suite a peut-être regagné la maison de Shutruk, mais pas vous… car je suis prêt à jurer devant Marduk que je vous ai suivi jusqu'au temple de Nergal. Et comme vous pouvez le constater, j'ai échappé aux hommes-scorpions d'Akourgal.

– Des hommes-scorpions à présent ! De quoi parle-t-il ?

– Prince Tarah, dit sévèrement Saduqa, même si nous ne disposons d'aucune preuve, nous connaissons le rôle que vous avez joué dans l'envoûtement de la reine. Pour le moment, vous restez libre, mais avec interdiction de quitter Babylone.

Le prince ne dit rien, mais son regard furieux nous défie. Saduqa ajoute :

– Capitaine, tu raccompagneras le prince à sa résidence, mais auparavant, coupe une mèche de ses cheveux et quelques franges de sa tunique.

– Vous n'avez pas le droit ! s'insurge Tarah, mais sur un signe du capitaine, les gardes l'immobilisent.

Adad-bela-Ukin dégaine son poignard et tranche une mèche de cheveux noirs et une demi-douzaine de franges dorées qu'il remet au vieux scribe.

– Je n'ai pas l'expérience d'Akourgal dans le domaine de la magie noire, mais si jamais l'état de la reine s'aggrave, cela vaut la peine d'essayer.

Le capitaine et les gardes emmènent le prince Tarah, toujours vitupérant.

–Et maintenant, dit Naqui'a, que pouvons-nous faire?

–Adad-Nirari doit aller au service des Yeux et des Oreilles prendre connaissance des derniers messages. Naqui'a, tu veilleras sur la reine. Ne la laisse jamais seule et informe-nous de l'évolution de son état. Nabu et moi allons consulter les archives du palais. Peut-être trouverons-nous une réponse à notre problème.

Les archives sont installées dans la partie du palais qui abrite les services administratifs. Un long couloir tout blanc conduit à une salle où sont entreposées des milliers de tablettes retraçant le passé de Babylone.

–Tout est consigné là, m'explique Saduqa après avoir refermé la porte, depuis le temps où la cité n'était encore qu'un village de pêcheurs au bord du fleuve.

–Maître… que cherchons-nous exactement?

–Il m'est venu à l'idée que la reine Sémiramis n'est peut-être pas la première souveraine babylonienne à être la victime d'un envoûtement. Si un roi ou une reine du temps jadis a pu être sauvé, le secret de sa guérison se trouve quelque part dans une de ces tablettes.

–Mais il y en a des milliers ! Comment trouver la bonne – si tant est qu'il en existe une ? Cinquante scribes ne suffiraient pas pour accomplir ce travail !

–C'est plus simple qu'il n'y paraît, car vois-tu, Nabu, les archives sont classées par sujet, puis par époque.

Maître Saduqa montre les paniers remplis de tablettes.

–Par exemple, voici les guerres, ici les épidémies, les éclipses du soleil et de la lune... enfin les événements extraordinaires. Comme tu t'en doutes, les plus anciennes tablettes se trouvent au fond des paniers...

Les archivistes classent parmi les événements extraordinaires des choses étonnantes. La tablette la plus récente concerne un petit agneau né avec deux têtes et six pattes !

–Je m'en souviens, dit Saduqa, c'était peu de temps avant le décès de la reine Nanname qui fut mordue par une vipère, dans ses jardins du palais de Kalhu. L'agneau naquit une nuit avec deux têtes et six pattes. Un cas semblable s'était déjà produit peu après le règne du grand roi Hammurabi, et le présage signifiait que deux princes s'affronteraient pour le trône. En effet, Shamsi-Adad et son frère Ashur-Dannin se firent la guerre pendant quatre ans.

–L’agneau a-t-il vécu longtemps ?

–Il est mort au petit matin.

En effet, c’est écrit sur la tablette, de même que le texte du présage : *S’il naît un agneau possédant deux têtes soudées l’une à l’autre, le Pays entre les deux fleuves connaîtra un grand trouble. Le prince s’opposera au prince, la main droite à la main gauche, et la cité à la cité.*

Une grosse mouche noire se pose sur la tablette où elle entreprend de faire sa toilette. Je la chasse de la main, mais elle revient en bourdonnant.

Avec précaution, je sors une à une les tablettes du panier, et je les aligne devant moi sur la grande table. En voilà une qui évoque la naissance de quintuplés dans une famille de pêcheurs… et celle-ci raconte la mort d’un jeune lion élevé par le roi – il a été tué par les coups de sabots d’un âne.

La mouche noire ne cesse de bourdonner à mes oreilles. Je lève les yeux et je m’aperçois alors qu’il n’y a pas une mouche, mais deux… ou trois… ou peut-être quatre.

Je fais de grands gestes avec une tablette, mais les mouches – maintenant elles sont au moins une douzaine – me harcèlent. Aïe ! L’une d’elles m’a piqué le cou ! Aïe ! Dans un angle de cette pièce dépourvue de fenêtre, un conduit d'aération assure la fraîcheur… Les mouches sont sans doute entrées par là.

Je me tourne vers Saduqa et je le vois gesticuler ! Un nuage d'insectes tourbillonne autour de lui ! Il crie :

– A… our… al !

Des mouches s'introduisent dans mes oreilles, d'autres se posent sur mes paupières. Je replie mon bras devant mes yeux pour les protéger.

– Maître ! Il faut sortir d'ici !

Le temps de prononcer ces mots, deux ou trois mouches se glissent entre mes lèvres ! Je tousse, je crache !

– A… our… al ! répète Saduqa, et je comprends enfin ce qu'il essaie de me dire : « Akourgal ! »

Les mouches sont une nouvelle manifestation des pouvoirs maléfiques du grand prêtre de Nergal…

Nous disparaissons sous des nuées vrombissantes. Ô Marduk, je t'en supplie, écoute ma prière ! Saduqa titube. Des pieds à la tête, il est entièrement recouvert d'insectes !

C'est la fin, nous allons succomber tous les deux. Comment respirer ? Les mouches sont partout… dans les yeux… le nez… les oreilles… la bouche… Je me débats, je lutte de plus en plus faiblement.

Soudain, des mains me saisissent par les épaules, je tombe mais on me relève. Quelqu'un hurle : c'est peut-être moi.

Je suis à genoux dans le couloir.

– C'est fini, dit la voix de Naqui'a.

10

Marduk

– J'étais au chevet de la reine lorsque j'ai eu le pressentiment que vous étiez tous les deux en grand danger, explique Naqui'a. Alors, j'ai appelé les gardes et nous avons couru jusqu'à la salle des archives. Au moment où j'ai ouvert la porte, Saduqa titubait sur le seuil, et les gardes ont tiré Nabu hors de la salle…

–Mais… toutes les mouches… comment avez-vous fait pour leur échapper ?

–Des mouches ? Quelles mouches ? Tu étais à genoux et tu te débattais contre des ennemis invisibles, et Saduqa ouvrait la bouche comme un poisson hors de l'eau, mais ni les gardes ni moi-même n'avons vu…

–Des milliers de mouches sont entrées dans la salle par le conduit d'aération ! Saduqa était recouvert d'insectes, et moi aussi !

Je frissonne de dégoût à ce souvenir, et je regarde avec appréhension autour de moi, mais les gardes nous ont transportés dans les appartements de Naqui'a où tout est paisible et normal.

– Maître… les mouches n'existaient-elles que dans mon imagination ? Pourtant, je les sens encore sur mes lèvres… pouah !

– De même que l'homme-scorpion, Akzu « la mouche noire » est un démon familier du dieu Nergal, murmure Saduqa. Que ces mouches aient été réelles ou imaginaires, nous serions morts étouffés sans l'intervention de Naqui'a – heureusement, il suffisait de sortir de la salle des archives pour échapper à l'enchantement.

– Cette amulette ne sert à rien !

Je saisis la tablette pendue à mon cou pour l'arracher, mais Saduqa arrête mon geste.

– C'est ma faute, Nabu : cette fois-ci, ce n'était pas toi que visait Akourgal, mais moi ! Et j'étais sans protection !

– Comment Akourgal pouvait-il connaître notre présence dans la salle des archives ?

– De la même manière que le prince Tarah a obtenu des objets ayant appartenu à la reine : nous sommes surveillés… Il y a des traîtres dans ce palais, probablement achetés avec l'or des Élamites.

– Il faut les identifier et les mettre hors d'état de nuire ! dit Naqui'a.

– Plus tard peut-être, mais, pour le moment, nous n'avons pas le temps de mener une enquête approfondie. Comme nous n'avons malheureusement rien trouvé dans les archives, je crois qu'il ne nous reste qu'un seul espoir de sauver la reine !

– Lequel ?

– Il faut implorer le secours de Marduk. Pour le moment, Nergal et les maléfices de son grand prêtre sont les plus forts, mais avec l'aide du souverain des dieux et du monde, rien n'est perdu ! En tant que prince héritier du trône, Adad-Nirari est le représentant de Marduk. Allons le chercher. Toi, Naqui'a, retourne auprès de la reine, et préviens-nous si jamais il y a du nouveau.

Je ne vois pas du tout de quelle manière le souverain des dieux peut nous protéger des maléfices d'Akourgal, mais j'accompagne Saduqa sans poser de questions. Le service des Yeux et des Oreilles est dirigé par le héraut du palais : Bêl-Daiân est un homme de taille imposante, au visage large et charnu, très imbu de son rang et de sa personne. Il accueille assez fraîchement Saduqa.

– Je croyais que tes fonctions se limitaient au temple à la Tête Haute. J'ignorais qu'elles s'étendaient jusqu'au service des Yeux et des Oreilles.

– Nous devons parler au prince héritier… je sais qu'il est ici… c'est très important.

– D'accord, mais ce garçon n'est pas autorisé à entrer.

Saduqa présente au héraut une petite tablette d'argile carrée sur laquelle deux gazelles gravées se font face.

– Ce sceau royal me permet d'aller et venir en tous lieux, avec la ou les personnes de mon choix. Je sais que ton souci est de protéger les secrets du royaume, Bêl-Daiân, mais la vie de la reine est en jeu. Et si tu persistes à faire obstacle à mon enquête, je te promets que tu te retrouveras dès ce soir gouverneur d'une cité de garnison au fin fond du royaume !

Je n'ai jamais vu jusqu'à aujourd'hui mon vieux maître imposer sa volonté et parler avec une telle autorité. J'ai entendu dire que lui et le tartan Ishme-Daiân sont les deux hommes les plus puissants du royaume, et c'est certainement la vérité, car le héraut pâlit sous la menace, puis s'écarte en murmurant :

– Puisque c'est ainsi… entrez.

Les messages s'empilent dans la pièce. Il en arrive à chaque période du jour et de la nuit. Des scribes font le tri parmi les tablettes, recoupent les renseignements, vérifient l'identité des correspondants.

– En théorie, chaque fidèle sujet doit avertir le roi de ce qu'il voit ou de ce qu'il entend, explique le héraut avec un large geste de la main. Mais en pratique, c'est aux gouverneurs des cités et des provinces de s'informer de ce qui se passe puis de transmettre ces informations au palais.

Adad-Nirari est assis devant une longue table, en compagnie de trois scribes qui lui lisent les derniers messages.

– *Le septième jour de la lune d'Elul, à la reine, son serviteur Adad-Sarri-Ushur. Salut à la reine. Tout va bien pour le royaume, pour les temples et pour les forteresses. Que le cœur de la reine soit tout à fait content.*

Ainsi commencent la plupart des messages. Ensuite, les correspondants donnent des informations obtenues par des éclaireurs, ou des espions, ou simplement par des marchands, caravaniers ou colporteurs.

– Des nouvelles importantes ? demande Saduqa.

– Peut-être, répond Adad-Nirari en tendant une tablette. Lis ceci, Nabu.

– Ton serviteur Simbur-Nasir. Puissé-je mourir pour ma reine et pour le prince héritier. Que Marduk, Assur et Ishtar protègent le prince héritier. Le cinquième jour de la lune d'Elul, les forces du roi d'Élam ont quitté sa capitale Shushan pour Bît-Imbia où elles ont dressé leur campement.

– J'ai fait vérifier par nos géographes, dit le héraut. Bît-Imbia est un village situé sur la rivière Abani, à six journées de marche de Babylone. On y trouve un gué, mais apparemment, les Élamites n'ont pas franchi la rivière.

– Je pense savoir ce qu'ils attendent, dit Saduqa.

– Quoi donc ? demande Adad-Nirari.

– Rien n'a été laissé au hasard, tout fait partie d'un plan mûrement réfléchi. D'abord, profitant de l'absence du tartan Ishme-Daiân et de son armée, une ambassade conduite par le prince Tarah arrive à Babylone. Tarah décide d'éliminer la reine, avec la complicité du grand prêtre de Nergal. Une fois la reine éliminée, l'armée élamite franchira la rivière et profitera de l'absence du tartan et de nos meilleures troupes pour marcher sur Babylone…

Adad-Nirari donne un violent coup de poing sur la table.

–Si tu dis vrai, le prince Tarah doit être arrêté et écorché vif pour sa traîtrise... et Akourgal subira le même sort!

–Tu ne trouveras personne pour profaner le temple de Nergal et encore moins porter la main sur son grand prêtre, répond Saduqa en secouant la tête. Quant au prince Tarah, il ne peut pas s'échapper... Gardons-le sous étroite surveillance, et nous l'arrêterons le moment venu.

–Laisse-moi rassembler la garnison de Babylone, et je partirai combattre les Élamites! rugit Adad-Nirari.

–Tu as mieux à faire, assure Saduqa.

–Quoi donc?

–Depuis que ton père a marché vers son destin, tu es devenu le représentant de Marduk sur Terre.

–C'est vrai, acquiesce le prince. Mais je ne vois pas...

–Rends hommage au souverain des dieux... et ensuite, tu pourras réclamer son aide contre Nergal.

–Comment dois-je procéder?

–Nous n'avons pas le temps d'organiser une cérémonie officielle, dit Saduqa, mais Bêl-Daiân va faire préparer le char royal sur lequel tu te rendras au temple à la Tête Haute.

–Le char royal!

La voix du prince tremble d'émotion, et pendant un bref instant, j'oublie son mauvais caractère et ses manières brutales. Il est encore si jeune et il doit assumer tant de responsabilités !

– En tant que scribe principal du temple à la Tête Haute, je t'accompagnerai, précise Saduqa, et Nabu nous servira de chantre.

Les chantres doivent connaître toutes les prières et posséder une belle voix, ce qui n'est pas vraiment mon cas, mais je comprends que Saduqa ne souhaite pas me laisser seul.

Nous quittons donc tous ensemble le service des Yeux et des Oreilles pour les écuries où le héraut Bêl-Daiân ordonne d'atteler le char royal. On me confie un grand parasol que j'ai du mal à tenir droit, et à Saduqa un éventail en plumes d'ibis. Par-dessus sa tunique, Adad-Nirari enfile une robe bleue frangée d'or, et il saisit la masse d'armes – symbole de l'autorité déléguée par son père défunt. Le capitaine des gardes du palais nous rejoint avec une escorte de huit cavaliers coiffés du casque conique, vêtus d'une cotte de mailles et chaussés de demi-bottes lacées. Quatre cavaliers sont armés d'une lance, et quatre d'un arc.

– En route pour le temple, dit Saduqa.

Je dois avouer que je me sens plutôt fier de traverser la cité sur le char royal, tandis que les Babyloniens s'écartent respectueusement sur notre passage. Le mauvais sort qui frappe la reine est resté secret, et chacun se demande pourquoi le prince héritier se déplace en grande pompe.

Nous nous engageons entre deux murailles de briques flanquées de tours carrées et crénelées recouvertes de faïence bleue, où des centaines d'animaux montent la garde sur treize niveaux: les dragons aux serres d'aigle, à la langue de serpent et aux griffes de lion côtoient de puissants taureaux argentés. Le char royal emprunte ensuite la Voie processionnelle pavée de larges blocs de calcaire. Là, soixante lions aux gueules ouvertes semblent rugir à notre passage.

Nous longeons maintenant l'Enceinte sacrée derrière laquelle se dressent la grande ziggourat de Babylone et le temple de Marduk. Nous suivons le mur principal d'Orient qui est percé de quatre entrées, et nous arrivons à la hauteur de la porte Sainte dont les deux battants s'écartent pour nous laisser passer.

Saduqa a revêtu ses vêtements sacerdotaux, et il porte les insignes qui correspondent à sa fonction de scribe principal et de grand prêtre. Il précède maintenant le prince, et je marche derrière eux jusqu'à la salle du Trône, une pièce immense au plafond barré de poutres de bois de cèdre revêtues de feuilles d'or, et aux murs décorés de mosaïques en albâtre* et en lapis-lazuli*.

Je pense qu'il n'y a pas d'offense à décrire le souverain des dieux. Marduk est d'une taille légèrement supérieure à celle d'un homme. Il porte la barbe frisée et les cheveux enroulés et relevés sur la nuque. Il est coiffé d'une tiare constellée de pierres précieuses et surmontée de plumes d'ibis, et vêtu d'une robe tissée de fils d'or et d'argent. Le corps de la statue est en or massif. Marduk siège sur son trône, la jambe gauche légèrement avancée. La harpè[1] prolonge sa main droite, et sa main gauche caresse le cou d'un petit dragon à face de chien.

– Saduqa, chuchote le prince Adad-Nirari. Est-ce que je dois me prosterner face contre terre ou simplement m'incliner devant Marduk ?

– Un jour, tu régneras sur l'Assyrie et sur Babylone. Tu dois montrer ton respect à Marduk, comme à n'im-

1. Arme en forme de faucille.

porte quel autre dieu, mais tu dois également tenir ton rang. Incline-toi.

Ce que fait le prince. Puis il pose la main sur la harpè du dieu, en signe d'alliance. Alors, pendant que je chante la prière qui doit apporter bienfaits et bénédictions, Saduqa fait couler de la bière et de la bouillie de farine aux pieds d'Adad-Nirari.

11

An-Ki

La nuit tombe et j'ai peine à croire qu'hier, au même moment, je courais vers le palais pour assister au banquet !

On dit que nos rêves sont inspirés par les dieux lorsqu'ils souhaitent communiquer avec nous. C'est pourquoi, chaque fois qu'un habitant du royaume fait un rêve qui sort de l'ordinaire, il doit en rendre compte au roi qui lui adresse alors ses « poseurs de questions ». Ils interprètent le songe et en déduisent des indications sur l'avenir.

Mais les événements qui se sont déroulés depuis hier soir sont bien réels, et en cet instant précis, je me tiens sur la terrasse du sanctuaire de Marduk, au sommet du temple à la Tête Haute. À mes pieds s'étend la cité et, au-delà des murs d'enceinte, miroitent les eaux du fleuve et frissonnent les palmeraies.

Je ne suis pas seul sur la terrasse. Adad-Nirari, Saduqa, ainsi que deux astrologues royaux se tiennent près d'un étrange appareillage.

Il s'agit d'un énorme globe coupé par le milieu et dont on a gardé seulement la moitié inférieure. Cette demi-sphère est soutenue par une douzaine d'épais madriers creusés d'encoches. Un cercle partage sa surface bicolore en deux parties. L'intérieur du cercle qui représente Ki, la Terre, est brun sombre, et la frange extérieure qui évoque Abzu, l'Océan terrestre, est bleu turquoise. An, la voûte céleste, est constituée d'un métal aux reflets bleuâtres qu'on appelle « métal du ciel* ». La demi-sphère est taillée dans un bloc de diorite*, et figure le royaume des ombres… le domaine de Nergal. La surface tout entière de l'objet est bosselée d'excroissances qui correspondent aux vagues de la Mer primordiale.

Lorsque j'étais un petit enfant, je me posais toutes sortes de questions à propos de l'Univers, et je les posais aussi à mon père et à ma mère qui ne savaient pas quoi me répondre. J'ai connu les réponses plus tard, à l'école des scribes, et je sais maintenant que l'Univers visible ressemble à cette sphère dont la Terre constitue la base, et le Ciel la voûte. La Terre est un disque plat entouré par la mer où s'achève le monde des hommes. Au-delà du monde visible, s'étend à l'infini la Mer primordiale, l'Océan cosmique, qui enferme le globe de l'Univers.

Le Ciel et la Terre sont nés dans la Mer primordiale, et ils ont créé l'Univers, et l'Univers à son tour a créé les dieux.

Saduqa observe le ciel au-dessus de nos têtes à l'aide d'un long tube. Il suit, dans la partie centrale, ce qu'on appelle le « Chemin d'Anu* », puis il le quitte pour suivre le « Chemin d'Enlil* ». Pendant ce temps, les deux astrologues consultent leurs tables d'étoiles fixes.

– Qu'en pensez-vous ? demande Saduqa.

– Le vent du sud vient de se lever et les nuées se font plus denses, répond le plus jeune des deux astrologues. Les configurations célestes sont exactement les mêmes que la nuit où le Marteau d'Adad le Tonnant a frappé le palmier de la cour de la salle du Trône !

Je me souviens de cet événement extraordinaire qui s'est produit l'année de la naissance de mes petites sœurs. Le Marteau d'Adad s'est déchaîné pendant une nuit entière, et tout le monde était terrorisé. Une immense lamentation montait de Babylone, et soudain, peu avant les premières lueurs de l'aube, le Marteau s'est abattu sur le palais, embrasant un palmier planté par le roi Shamsi-Adad. Sa destruction apparut comme un très mauvais présage pour le royaume, et en effet, elle fut suivie peu de temps après par le décès du roi.

L'astrologue tend une tablette à Saduqa, qui l'étudie avec attention.

– C'est exact, approuve-t-il.

Alors, il se tourne vers Adad-Nirari et déclare :

– Pour combattre Nergal, nous avons besoin de l'aide de Marduk, le plus puissant des dieux. Aux pouvoirs maléfiques du maître des épidémies, de l'été brûlant, des incendies et des inondations, nous allons opposer les pouvoirs bénéfiques du redresseur de torts et du porteur de vie. Prince, si tu es prêt, nous le sommes également.

– Je suis prêt, dit Adad-Nirari.

Saduqa se penche sur un coffret de pierre noire dont il extrait une bobine autour de laquelle s'enroule un fil d'or. Pendant ce temps, les astrologues installent sur la terrasse un ensemble de disques mobiles qui tournent autour d'un axe central. Chaque disque est gravé de dessins étranges, parmi lesquels figurent un lion aux oreilles d'âne, une gazelle à visage de femme, et toutes sortes de créatures d'avant le Déluge. Le disque central, d'une pâleur argentée, ressemble à un miroir dont la surface est parcourue de brèves ondulations, comme si une vie propre l'animait…

Saduqa met la bobine entre les mains du prince qui la déroule lentement. Il marche jusqu'à la demi-sphère, grimpe le long d'un étai en s'aidant des encoches, et arrive à hauteur du disque bicolore figurant Abzu l'Océan terrestre et la Terre. Il pose une extrémité du fil d'or en plein centre du disque, déroule toute la bobine, puis redescend.

Ce qui se passe ensuite, je ne peux que le raconter sans l'expliquer car la compréhension du rite de l'An-Ki est réservée aux initiés.

Comme le serpent réagit à la musique du dresseur, le fil d'or s'élève et, dans le même temps, les disques se mettent à tourner de plus en plus vite autour de leur axe central et on a l'impression que les créatures gravées mènent une sarabande effrénée ! Seul le disque central ne tourne pas. Il se contente d'osciller légèrement, en s'orientant par à-coups vers le « Chemin d'Enlil ».

– Ô Seigneur Marduk, déclame soudain Saduqa, ô Jeune Taureau du Soleil, toi le Redresseur de torts, écoute et entends tes serviteurs ! Pour eux, illumine ton domaine et réponds à leurs appels ! Tourne ton esprit vers le pays des Vivants, tourne ton esprit vers le jeune prince Adad-Nirari !

Le disque central irradie alors une lueur dorée. Après quelques instants, cette lueur se concentre en un rayon lumineux qui part du disque et s'élève vers le ciel étoilé, dans la direction exacte du Chemin d'Enlil que Saduqa avait scruté auparavant à l'aide de son viseur.

– Que la Terre s'unisse au Ciel, que le Ciel s'unisse à la Terre !

À ce moment, Marduk répond à l'incantation. Un vent puissant balaie la terrasse, et par-delà le mugissement du vent, dans le lointain, on entend gronder la voix d'Adad le Tonnant. Une lueur pareille à une griffe de feu déchire les ténèbres.

– Là-bas ! crie Adad-Nirari. Regardez !

Babylone compte plus de quarante temples, mais depuis la nuit précédente, je suis capable de reconnaître entre tous celui de Nergal ! On a allumé un grand feu dans son enceinte, et ce feu illumine le quartier alentour, de la porte d'Urash jusqu'aux quais de l'Euphrate. Autour des flammes s'agitent des silhouettes – elles dansent, et la rumeur lugubre de leurs chants parvient jusqu'à nous.

–La tempête se lève, dit Saduqa. Akourgal sait que nous avons appelé Marduk à notre aide, et ses prêtres invoquent Nergal.

–Que va-t-il se passer ? demande le prince.

–Adad le Tonnant s'approche, mais nous ne pouvons deviner par avance où frappera son Marteau !

C'est ainsi : nul ne peut prévoir les réactions des dieux. Le dieu des orages doit obéissance au souverain Marduk, mais s'il lui prenait la fantaisie de se ranger du côté de Nergal, seigneur du Monde invisible ? Le rite de l'An-Ki sera-t-il assez puissant pour nous assurer son soutien ?

Le vent redouble de violence, et les griffes de feu lacèrent les cieux. On dirait que l'orage remonte le cours du fleuve. Une rangée de peupliers s'embrase, et c'est peut-être bon signe car on appelle parfois Nergal le « Seigneur du peuplier ».

En cet instant, je suis très fier de me trouver sur la terrasse du temple à la Tête Haute, sous le regard de Marduk, et j'ai aussi très peur car je sais que nous sommes en grand danger. Les deux astrologues tremblent comme des feuilles, Saduqa et le prince ne quittent pas des yeux la sphère de l'An-Ki.

Soudain, un serpent de feu se tord dans le ciel, et on entend un bruit effrayant, comme si des centaines de tambours battaient en même temps ! Une suffocante odeur d'œuf pourri nous submerge, tandis qu'une des tours crénelées de la deuxième enceinte est touchée de plein fouet par le Marteau. On dirait qu'une main géante saisit la tour, la secoue, la broie et en rejette les morceaux. Des plaintes montent des décombres sous lesquels des soldats sont ensevelis.

Je me tourne vers Adad-Nirari, et le prince m'impressionne par son calme. Le dieu des orages vient de frapper une première fois… mais où frappera-t-il ensuite ?

Un autre déchirement, de nouveaux roulements, et encore cette immonde odeur d'œuf pourri. Cette fois-ci, le Marteau est tombé sur une maison qui borde la Voie processionnelle. L'orage tourne au-dessus de nos têtes, et la peur me paralyse. J'ai l'impression que mes jambes ne m'obéissent plus. Je tourne les yeux vers les deux astrologues et je constate qu'ils se sont accroupis et ont recouvert leur tête avec le pan de leur robe brodée. Heureusement, Saduqa et le prince ne cèdent pas à la panique, et leur exemple me réconforte.

Le vent rugit de plus en plus fort et, s'il continue à souffler ainsi, l'appareillage de l'An-Ki risque d'être balayé comme paille et jeté à bas du temple. Je me cramponne des deux mains à un madrier qui soutient la sphère, Saduqa et Adad-Nirari s'agrippent de même, mais les deux astrologues ont disparu. Le vent les a-t-il précipités en bas de la terrasse ?

De mémoire de Babylonien, on n'a jamais vu pareille colère du dieu Adad. Durant cette nuit-là, le Marteau frappe encore en plusieurs endroits, y compris dans les jardins suspendus où il fend en deux l'arbre géant shan-bar et le brûle jusqu'aux racines.

Enfin, après avoir longtemps hésité entre Marduk et Nergal, entre le dieu d'En-Haut et celui d'En-Bas, Adad le Tonnant choisit son camp, et il abat une dernière fois son Marteau incandescent. Le ciel crépite de longues flammes blanches, d'une si grande intensité que j'en suis aveuglé. Le vacarme m'assourdit et je n'entends plus rien.

Quand je parviens à ouvrir les yeux, un énorme cratère fume dans la terrasse du temple de Nergal.

12
L'égrégore

Marduk a écouté nos prières, Adad le Tonnant s'est déchaîné en notre faveur, mais Babylone est une cité meurtrie. Au fracas du Marteau succède une pluie torrentielle qui me fait penser au récit du Déluge tel que je l'ai appris à la maison de la Tablette :

Les hommes ne voyaient plus les hommes,
Des trombes d'eau balayaient la terre.

Plusieurs immeubles ébranlés par les rafales de vent s'écroulent sous les assauts de la pluie. Le fleuve enfle, le canal envahit des quartiers, les rues se changent en torrents boueux. Une plainte immense monte vers les cieux, des parents qui cherchent leurs enfants, et des enfants qui cherchent leurs parents dans les ruines.

Sous le rideau liquide qui éteint nos torches, nous abandonnons la terrasse du temple à la Tête Haute en empruntant l'escalier principal.

Adad-Nirari ouvre la marche, suivi par Saduqa, et je descends le dernier – les deux astrologues n'ont pas osé sortir du sanctuaire où ils se cachent. Je passe ma main dans la ceinture de Saduqa, pour le retenir s'il venait à perdre l'équilibre, mais aussi pour me guider dans notre descente à l'aveuglette. Comment le prince parvient-il à se repérer, je l'ignore, mais le fait est qu'il avance sans hésiter malgré la pluie qui rend les degrés glissants.

Au bout d'un temps qui me paraît interminable, nous arrivons enfin au pied du temple et nous nous réfugions dans un entrepôt. Vingt à trente prêtres, scribes, élèves et serviteurs nous entourent en poussant des cris de joie.

–Seigneur ! Maître ! Nous pensions ne jamais vous revoir ! se réjouit Bêl-Iqisa.

Ma robe est trempée, mes cheveux pendouillent sur mes épaules et dans mon cou, et la fraîcheur de l'entrepôt me donne le frisson, mais je suis heureux car j'ai le sentiment que nous venons de remporter une victoire, même si elle est chèrement payée.

– Dès que la tempête sera un peu calmée, dit Saduqa, nous irons voir ce qu'il reste du temple de Nergal.

En attendant, il envoie Bêl-Iqisa au palais chercher le capitaine des gardes. Le « grand frère » n'est pas très enthousiaste à l'idée de quitter notre abri pour se risquer sous l'orage, mais il n'ose pas refuser. Il part en courant, et sa silhouette disparaît dans les ténèbres. Un long moment plus tard, il est de retour avec Adad-bela-Ukin et une dizaine de soldats.

– Quelle est la situation ? demande le prince.

– Seigneur, répond le capitaine, Babylone n'est plus qu'un gigantesque bourbier.

– As-tu des nouvelles d'Alu-Essu ?

Ma maison est située dans ce quartier, et je m'inquiète pour mes parents et mes sœurs.

– Pas pour le moment… mais de l'autre côté du fleuve, Ku'ara et Tuba sont sinistrés. Heureusement, le pont a résisté…

– Capitaine, dit Saduqa, nous avons besoin de toi et de tes soldats pour nous escorter jusqu'au temple de Nergal.

Adad-bela-Ukin hoche la tête, mais on voit bien qu'il n'est pas très rassuré à l'idée de nous accompagner.

–Le Marteau d'Adad est tombé sur le temple de Nergal, ajoute Saduqa.

Le capitaine fourrage dans sa barbe, puis hoche la tête et dit :

–Marduk nous protégera.

La pluie tombe avec moins de violence, mais le vent ne se calme pas. Les torches allumées par les gardes ne tiennent pas et s'éteignent l'une après l'autre, seule la lune qui brille par instants dans les trouées de nuages est là pour nous guider. Nous quittons l'Enceinte sacrée pour emprunter la Voie processionnelle jusqu'à la porte du Marché. Des familles éplorées fouillent les décombres. Comme toujours en pareilles circonstances, les hommes sont capables du meilleur et du pire : tandis que certains se dévouent à venir en aide aux sinistrés, d'autres profitent du chaos pour se livrer au pillage.

De la porte du Marché, nous gagnons le temple de Ninurta qui a été épargné par l'orage, et nous entrons dans le quartier de Su-an-na. Après avoir recouvert les berges, les eaux du fleuve se sont répandues sur les quais en emportant des cargaisons de cèdres de Phénicie : d'énormes troncs dérivent dans les rues submergées et ajoutent au danger que représentent les immeubles prêts à s'écrouler.

À mesure que nous approchons du temple de Nergal, des panaches de fumée grasse nous enveloppent. Nous croisons des fuyards terrorisés et, quand nous entrons dans l'enceinte du temple, une horrible odeur de chair brûlée nous prend à la gorge. Le Marteau du dieu de l'orage a frappé de plein fouet l'unique terrasse du temple de Nergal, foudroyant des dizaines de prêtres et de serviteurs, dont les cadavres gisent un peu partout. Vision surprenante : un bouc destiné au sacrifice est resté debout près de l'autel, ses quatre pattes comme enracinées dans le sol, des volutes de fumée noire s'échappant de son dos béant.

Saduqa arrête un serviteur qui erre, les yeux fous.

– Où est Akourgal ? demande-t-il. Où est le grand prêtre ?

L'autre le dévisage d'un air absent. Il ouvre la bouche mais aucun son ne franchit le seuil de ses lèvres. Saduqa le laisse partir.

Pendant ce temps, Adad-bela-Ukin et ses hommes ont appréhendé deux individus qui tentaient de se faufiler hors du temple, et ils nous les amènent.

– Je te reconnais, dit Saduqa au plus âgé des deux hommes, tu es Ili-Ittia, le devin du temple. Nous cherchons le grand prêtre Akourgal: est-il vivant ou mort? et s'il est mort, conduis-nous à son cadavre!

Le devin hausse les épaules, comme si ces questions ne le concernaient pas. Mais Adad-Nirari ne l'entend pas de cette oreille.

–Ili-Ittia, je suis le prince héritier et je t'ordonne de répondre. Si tu refuses, prépare-toi à mourir.

Le capitaine des gardes dégaine son épée et attend le signal du prince. Ili-Ittia comprend qu'il ne s'agit pas d'une menace en l'air, et il dit:

–Attends! Akourgal a survécu au Marteau du dieu Adad... mais il n'est plus ici!

–Alors où est-il?

–Je... je l'ignore...

–Ne mens pas! gronde Adad-Nirari.

Le prêtre plus jeune intervient.

–C'est la vérité, seigneur, nous ignorons ce qu'est devenu Akourgal. Il a quitté le temple tout de suite après l'explosion de la boule de feu. Deux Élamites l'accompagnaient.

–Des Élamites? Alors il est allé rejoindre le prince Tarah et nous les arrêterons ensemble. Mais avant tout, il faut fouiller le temple pour retrouver la «charge» d'envoûtement, la peau de serpent qui contient les objets dérobés à la reine. Ili-Ittia, tu n'as pas répondu à ma première question, mais je te conseille de retrouver la mémoire pour répondre à la deuxième, car tu n'auras pas d'autre chance… Où Akourgal a-t-il dissimulé cette « charge » d'envoûtement ? Réfléchis, et vite !

– Je ne vois qu'un seul endroit… la chambre secrète, murmure le devin, après avoir hésité un très bref instant.

– Où se trouve cette chambre secrète ?

– Dans le sanctuaire de Nergal.

Précédés par Ili-Ittia et l'autre prêtre, nous nous précipitons dans le temple. Voilà le couloir par lequel je me suis enfui, poursuivi par les hommes-scorpions – à mon grand soulagement, il n'y a plus une seule statue. Je me demande ce que sont devenues ces créatures.

Nous entrons maintenant dans le sanctuaire, frappé de plein fouet par le Marteau de feu : un trou béant s'ouvre dans le plafond, qui fume encore, et la statue de pierre noire du dieu Nergal est abattue, brisée en plusieurs morceaux, la tête séparée du corps.

– Alors ? demande Saduqa. Où est cette chambre secrète ?

Ili-Ittia indique le mur opposé, et les soldats approchent leurs torches. Les bas-reliefs sculptés représentent toutes sortes de démons et de génies malfaisants.

Les soldats sont inquiets, les torches vacillent dans leurs mains. Moi-même, je ne suis pas rassuré sous les regards de ces êtres démoniaques. Et si ces créatures s'animaient? Rien n'est impossible… Les hommes-scorpions étaient aussi de pierre, et cela ne les a pas empêchés de me prendre en chasse…

–Regardez! souffle le capitaine.

D'un doigt tremblant, il montre les démons que l'on nomme les «sept méchants utukku» et qui servent le dieu Nergal. Ils se nomment Vent-du-Sud, Dragon, Panthère, Vipère, Lion, Tourbillon et Ouragan. Vent-du-Sud est le plus laid avec son énorme tête. Ili-Ittia explique:

–La chambre secrète se trouve derrière ce panneau. Pour y accéder, il faut appuyer en même temps sur les deux yeux de Vent-du-Sud.

–Fais pivoter le panneau, ordonne Adad-Nirari, appuie sur les yeux.

–Non, seigneur, ne me demande pas ça! gémit le devin.

Vent-du-Sud est le démon des cauchemars et des insomnies. On raconte qu'il s'introduit dans les maisons sous la forme d'une chauve-souris ou d'un oiseau de nuit. Il se pose près des dormeurs et attend qu'ils ouvrent les yeux pour se précipiter sur eux et les posséder.

–Écarte-toi, dit Saduqa.

Sans hésiter, mon maître pose ses deux mains sur le visage de Vent-du-Sud. Tout d'abord, rien ne se passe, puis avec un grincement, le panneau sculpté pivote et révèle l'entrée d'une pièce plongée dans l'obscurité.

–Approche ta torche ! dit Saduqa au capitaine.

Adad-bela-Ukin obéit. La pièce est étroite, basse de plafond, et on aperçoit une table sur laquelle est posée la sculpture de gélatine réalisée par Akourgal… C'est le démon Vent-du-Sud !

Saduqa s'avance dans la chambre secrète et, à cet instant, je vois une lueur de triomphe briller dans les yeux d'Ili-Ittia.

–Maître ! Attendez !

–Qu'y a-t-il, Nabu ?

–Laissez le devin entrer le premier.

Saduqa fronce les sourcils, puis il se tourne vers Ili-Ittia :

–Pourquoi pas ? Tu as entendu, Ili-Ittia ?

Mais le prêtre de Nergal ne bouge pas. Au contraire, il esquisse un pas en arrière. Adad-bela-Ukin l'immobilise.

–Ce fourbe ne nous a pas tout dit !

Et le capitaine pousse Ili-Ittia à l'intérieur de la chambre secrète.

Que Nabu mon dieu protecteur dessèche ma langue si je mens : je ne fais que raconter la scène dont je suis le témoin, et je n'invente rien.

À peine les pieds du devin ont-ils touché le sol de la chambre secrète qu'une vapeur blanche jaillit à la fois des narines, des oreilles et de la bouche de la sculpture qui représente Vent-du-Sud. Cette vapeur se condense et prend vaguement forme humaine, tandis qu'un courant d'air glacial et une odeur de pourriture s'échappent de la pièce.

Les mains fuligineuses de la créature se referment autour de la gorge d'Ili-Ittia. Le devin se débat, mais ses coups ne rencontrent que le vide, ses poings s'enfoncent dans la vapeur blanche.

Le capitaine brandit son épée et se jette sur la créature. Il frappe et frappe encore, mais la lame ne fait que découper de longues écharpes de vapeur. Comment venir à bout d'un tel adversaire ? Soudain, Saduqa saisit une torche.

– Écarte-toi ! crie-t-il au capitaine.

Le vieux scribe enfonce la torche au cœur de la vapeur. Et l'impossible se produit : la créature se tord, découpée par la flamme ! Elle tente bien de se reconstituer, mais Saduqa ne lui laisse aucun répit, il traque chaque morceau l'un après l'autre… jusqu'à ce que la chose immonde soit retournée au néant. Alors Saduqa vacille et je me précipite pour le soutenir.

– C'est fini, souffle-t-il.

– Maître… est-ce que c'était Vent-du-Sud ?

– Non, mon garçon ! Il s'agissait d'un égrégore, que les nécromanciens nomment aussi une forme-pensée. Il servait de gardien à la chambre secrète. La force de l'égrégore est colossale, mais fort heureusement, il a un point faible…

– Il craint le feu ! C'était encore une création d'Akourgal, n'est-ce pas ?

– En effet… et Ili-Ittia est mort, victime de sa perfidie. Maintenant, nous pouvons enfin tirer la reine de son envoûtement.

Saduqa saisit la sculpture de gélatine et, sans la moindre hésitation, il lui arrache la tête, plonge la main dans le cou et en retire la peau de serpent.

– Un couteau !

Adad-Nirari tend son poignard. Saduqa pose la pointe sur la peau de serpent qu'il coupe sur toute sa longueur, libérant la mixture concoctée par Akourgal. Ensuite, il approche l'extrémité de la torche de la gélatine qui s'embrase en crépitant, et il jette les lambeaux de peau dans les flammes.

– Maître… est-ce que… la reine est sauvée ?

– Je l'espère. C'est ce que nous allons vérifier : retournons au palais !

13

À la poursuite des Élamites

– Adad-bela-Ukin, tu connais la maison de Shutruk, le marchand élamite ?

– Oui, bien sûr, honorable scribe principal. C'est chez lui que j'ai déjà arrêté le prince Tarah.

– C'est vrai. Cette fois, tu n'arrêteras pas seulement Tarah… je veux aussi Akourgal.

Le capitaine ne semble vraiment pas rassuré, et je le comprends.

– Et si le grand prêtre de Nergal utilise la magie ? s'inquiète-t-il.

Alors, pour la première fois depuis le soir du festin, je vois un sourire se dessiner sur les lèvres de Saduqa, et je l'entends prononcer des mots qui me font chaud au cœur :

– Le temple de Nergal est réduit en cendres, et maintenant que nous avons retrouvé le contenu de la sculpture de gélatine, la charge d'envoûtement s'est retournée contre son auteur. Tant qu'il n'a pas invoqué Nergal dans un autre de ses sanctuaires, Akourgal ne peut plus pratiquer la magie.

– Tarah et Akourgal ont eu le temps de quitter Babylone, fait remarquer Adad-Nirari.

– Depuis hier soir, les portes sont fermées sur mon ordre. Personne n'entre ni ne sort.

Adad-bela-Ukin ne semble pas convaincu mais, après avoir rassemblé ses hommes, il part accomplir sa mission. Adad-Nirari jette un bref coup d'œil sur le corps inerte d'Ili-Ittia. Son compagnon a profité de notre inattention pour s'enfuir sans demander son reste.

– Cet « égrégore », demande le prince, comment Akourgal l'a-t-il créé ?

– Dans un sommeil artificiel, provoqué en mâchant certaines racines et herbes shammou*, répond Saduqa. L'égrégore est né de la volonté, de la pensée et des transes d'Akourgal. Une fois matérialisée, cette créature peut se glisser n'importe où, comme une fumée.

– Sous une porte ?

– Par exemple.

– Maître… vous connaissez donc les secrets de la magie noire ?

– Durant ma jeunesse, j'ai parcouru le Pays entre les deux fleuves, j'ai visité l'Égypte, la Phénicie et la lointaine île de Crète qui est située aux confins de la terre. Je te raconterai tout cela un jour… mais en attendant, ne tardons pas et allons retrouver la reine.

– Es-tu sûr que son envoûtement est fini ?

Le ton sur lequel Adad-Nirari pose sa question montre qu'il doute encore de notre succès. La pluie a cessé, le vent est tombé, et les premières lueurs de l'aube grisaillent le ciel. Dans les rues envahies par la boue, les hommes, les femmes et même les enfants se mettent courageusement au travail. Ce n'est pas la première fois que la cité est dévastée par la colère des dieux, et ce ne sera sans doute pas la dernière. Pourtant, je suis inquiet. J'aimerais m'assurer que ma famille va bien et que ma maison est encore debout, mais je n'ose pas abandonner mon maître et le prince héritier en un moment pareil.

Un jour ordinaire, il faut environ une demi-période[1] pour rejoindre le palais en traversant tout Babylone par la Voie processionnelle, mais aujourd'hui, les circonstances sont différentes, des maisons se sont écroulées

1. Une heure.

jusqu'au milieu de l'avenue, certains obstacles sont infranchissables et obligent à faire un détour, et il s'écoule presque une période avant que nous n'apercevions le mur d'enceinte de briques ocre. Au moment où nous franchissons l'entrée principale, le héraut du palais accourt à notre rencontre.

–Marduk soit cent fois remercié pour ses faveurs ! La reine a enfin ouvert les yeux. Elle s'inquiétait et elle a demandé de tes nouvelles, prince... mais je constate que tu es bien rétabli.

–Bien rétabli de quoi ?

–La chute d'une maison a failli t'ensevelir – c'est ce que ton messager a raconté à la princesse Naqui'a, avant de la conduire sur les lieux de l'accident.

–Le prince héritier n'a jamais eu d'accident, et nous n'avons envoyé aucun messager au palais ! dit Saduqa. À quoi ressemblait cet homme ?

–Il s'agissait d'un prêtre, répond Bêl-Daiân, mais son visage m'était inconnu. Son crâne était rasé, ainsi que ses sourcils... J'ai pensé qu'il appartenait au temple de Marduk.

–Le teint pâle ?

–Oui... maintenant que j'y pense, il avait le teint très pâle.

–Akourgal, souffle Saduqa.

À cet instant apparaissent Adad-bela-Ukin et ses gardes, mais leur unique prisonnier est un vieil Élamite. Hors d'haleine, le capitaine se précipite vers nous.

–Nous sommes arrivés trop tard: Akourgal et le prince Tarah avaient déjà quitté la maison de Shutruk… et d'après cet homme qui est l'intendant de sa maison, Shutruk possède un navire ancré dans le canal…

Que Marduk nous vienne en aide, nous avons été joués! Après avoir enlevé la princesse, Tarah et Akourgal ont fui par le canal et en ce moment même, ils doivent descendre le fleuve! Saduqa n'avait pas prévu cette possibilité. Il est abasourdi, et Adad-Nirari serre les poings. Mais savoir la princesse aux mains de nos ennemis m'est insupportable et je pousse un cri:

–Leur navire n'a pas beaucoup d'avance! Nous pouvons le rattraper!

Le prince héritier me regarde, regarde Saduqa puis le capitaine et ses soldats, et approuve:

–Nabu a raison. Capitaine, et vous autres, venez avec moi!

–Je viens aussi!

Adad-Nirari hoche la tête.

– D'accord, Nabu. Saduqa, l'état de ma mère réclame tes soins.

Sans perdre un instant, nous courons vers le grand canal.

Assyriens et Babyloniens ne sont pas des marins. Ils préfèrent voyager et combattre par voie de terre. Cependant, Babylone possède un navire puissamment armé*, capable de descendre le fleuve jusqu'à la mer du Soleil-Levant et de livrer bataille. Sa proue qui se balance sur les eaux du canal a la forme d'un dragon, et son éperon est renforcé par des plaques de fer. Il possède deux rangs de rames et une voile auxiliaire. À l'arrière s'élève une plate-forme sur laquelle ont pris place le timonier, le commandant et des hommes d'équipage. Adad-Nirari met ses mains en porte-voix devant sa bouche, et il appelle depuis le quai.

– Sar-Kalli, me reconnais-tu ?

– Oui, seigneur ! répond le commandant en se penchant par-dessus le bordage. Tu es le prince héritier auquel j'ai prêté serment de fidélité ! Qu'attends-tu de moi ?

– J'ai besoin de ton navire et de ton équipage, Sar-Kalli ! Connais-tu le navire de Shutruk le marchand élamite ?

– Oui, seigneur, mais il mérite à peine le nom de bateau… rien à voir avec ma galère !

– Tant mieux, car nous allons le rattraper et le couler, avec l'aide d'Assur et de Marduk !

L'équipage nous lance une échelle de corde, et nous rejoignons Sar-Kalli sur la plate-forme arrière. Le commandant lance un ordre, et les rameurs se précipitent à leur poste. Adad-bela-Ukin et ses gardes s'installent sur le pont, dont le bastingage est renforcé par des boucliers.

Le timonier saisit la barre, la voile rayée rouge et blanche se déroule sous la vergue, les rameurs se courbent et tirent sur les rames, et le navire quitte le quai. Les eaux boueuses charrient des carcasses d'embarcations, des planches et des madriers, et aussi des malheureux tombés dans le canal pendant la nuit. L'éperon trace son sillage parmi ces débris et ces noyés, et nous rejoignons le fleuve.

Il fait maintenant grand jour et le cours de l'Euphrate est encombré de péniches qui apportent leurs marchandises à Babylone, de radeaux dirigés à la gaffe, tandis que sur les berges, des files de haleurs tirent les plus grosses embarcations. À chaque barque ou péniche que nous croisons, Sar-Kalli crie la même question :

– Avez-vous vu le bateau de Shutruk l'Élamite ?

– Oui, nous l'avons croisé un peu avant l'aube !

– Oui, pas plus tard que ce matin !

– A-t-il beaucoup d'avance sur nous ?

– Environ une période… ou peut-être deux !

Alors Adad-Nirari se tourne vers les rameurs et il donne lui-même la cadence, de plus en plus rapide malgré les protestations. Car les rameurs protestent : ils ne sont ni des esclaves ni des prisonniers de guerre, mais des travailleurs volontaires, et ils n'apprécient guère les « encouragements » du prince héritier – jusqu'au moment où Adad-Nirari promet une récompense :

– Un sicle d'argent à chaque homme d'équipage si nous rattrapons l'Élamite !

Kish est la prochaine cité sur l'Euphrate. Par voie terrestre, elle est située à une journée de marche de Babylone, mais avec ses rames et sa voile, et porté par un fort courant, notre navire devrait nous y amener avant deux périodes.

– À Kish, le fleuve se resserre, et son cours est interrompu par un barrage de bateaux. Ainsi, les marchands sont obligés de s'arrêter pour payer les taxes, explique Sar-Kalli. La procédure est longue… Avec un peu de chance, les Élamites seront retenus jusqu'à notre arrivée.

Mais le prince Tarah et Akourgal nous réservent une surprise. Au détour d'une boucle du fleuve, une épaisse fumée s'élève de la berge, et Sar-Kalli pousse un cri :

– C'est le bateau de Shutruk l'Élamite !

Le timonier nous dirige vers la berge, deux hommes plongent, nagent jusqu'à la rive, et amarrent le navire à un arbre, à bonne distance du brasier.

– Ils ont débarqué des chevaux et des chars, annonce Adad-bela-Ukin après avoir étudié la berge sablonneuse.

Les fuyards avaient tout prévu, et maintenant, ils nous échappent ! Mais Adad-Nirari ne cède pas au découragement. Il demande à Sar-Kalli :

– Sommes-nous encore loin de Kish ?

– Non, seigneur... on devrait bientôt apercevoir ses murailles derrière ces plantations de tamaris.

– Qui en est le gouverneur ?

Notre navire accoste le long du quai. Prévenu de notre arrivée, le gouverneur se prosterne devant le prince héritier.

– Sipak, j'ai besoin d'un char et de plusieurs montures, annonce Adad-Nirari.

–Bien sûr, seigneur, mais je dois d'abord…

–Si tu tiens à garder ta tête sur tes épaules, dit froidement le prince, trouve-moi tout de suite le char et les chevaux !

Le ton employé par le prince est sans réplique.

–Oui, seigneur, répond le gouverneur en frissonnant.

Quelques instants plus tard, Sipak et ses miliciens amènent un char de guerre flambant neuf et une douzaine de chevaux tout harnachés. En connaisseur, Adad-Nirari fait le tour du char, qui est équipé de roues cloutées à huit rayons et tiré par quatre puissants chevaux blancs.

–Seigneur, explique le gouverneur, voici mon propre char, et ces chevaux viennent de mes écuries.

–Je saurais m'en souvenir, promet le prince. Nabu montera sur le char avec moi. Les autres, en selle !

Je veux protester, rappeler que je ne suis pas un soldat, que je n'ai aucune expérience des chars, mais déjà Adad-Nirari bondit sur la plate-forme et me tend la main.

–Allez, grimpe, gratteur de tablettes !

Il saisit les rênes et je me cramponne au tablier du char dont les chevaux piaffent d'impatience. Le prince fait claquer son fouet.

– Sipak ! Tu enverras un message aux cités voisines : capturer le prince élamite Tarah et son complice, le prêtre Akourgal ! Sar-Kalli, repars pour Babylone, présente-toi au palais et informe le scribe Saduqa !

La lanière de cuir claque, le char s'ébranle, nos cavaliers ouvrent le chemin au milieu de la foule. Nous franchissons la porte de la cité dans un tourbillon de poussière. Je demande à Adad-Nirari :

– Comment savoir dans quelle direction ils ont fui ?

– Suivre le cours du fleuve est devenu trop dangereux, et ils préfèrent éviter les cités… Il leur reste le sud-est. Comment s'appelle ce village sur la rivière Abani, où le roi d'Élam attend avec son armée ?

– Je crois que c'est Bît-Imbia.

– Alors nous devons les rattraper avant Bît-Imbia !

14

Porte-bouclier

On enseigne beaucoup de choses à l'école des scribes, mais pas comment rester debout en équilibre sur la plate-forme d'un char de combat, le visage maculé par la poussière blanche d'une piste et cramponné des deux mains pour ne pas tomber !

Nous avons quitté Kish depuis deux périodes. D'après Adad-bela-Ukin, les marques de roues de chars et de sabots que nous suivons correspondent sans doute à celles relevées près du bateau en feu. Les Élamites n'ont pas encore pris de repos et nous n'en prenons pas plus. À ce rythme, les chevaux ne vont pas tarder à se fatiguer – les nôtres comme les leurs ; les plus résistants l'emporteront.

En attendant, le char du gouverneur de Kish nous emporte au grand galop de ses quatre coursiers blancs, un attelage digne des écuries du palais. C'est vrai qu'au début je ne suis pas très à l'aise, mais au bout d'un moment, je m'habitue et l'expérience ne paraît plus aussi désagréable… c'est une sensation nouvelle. Un sourire fend le masque de poussière d'Adad-Nirari. Il me hurle à l'oreille pour couvrir le fracas des roues cloutées sur la piste :

– Tiens-toi bien, Nabu !

À mesure que nous progressons vers le sud-est, le paysage est de plus en plus désolé. Les vents de sable ont érodé le relief, ne laissant subsister qu'une végétation d'herbe jaunâtre et calcinée avec de loin en loin quelques acacias. Des rapaces planent au-dessus de mares saumâtres.

Un cavalier parti en avant-garde se retourne sur sa selle pour nous faire de grands signes, et le prince ralentit l'attelage. Nous découvrons la carcasse d'un char dont l'essieu s'est rompu, entraînant la destruction de la caisse.

Les soldats trouvent un corps dissimulé sous des broussailles. Avec ses longs cheveux qui tombent jusqu'aux épaules, il n'y a aucun doute : c'est un Élamite. Je me penche pour étudier la dépouille, comme on me l'a enseigné dans la maison de la Tablette.

–Cet homme conduisait le char. L'accident s'est produit il y a peu de temps.

–Comment le sais-tu ? demande le prince héritier.

–Après la mort, le corps se refroidit peu à peu… celui-ci est encore tiède.

–Comment sais-tu qu'il conduisait le char ?

–Les rênes ont laissé des marques autour de ses poignets.

–Bien raisonné, Nabu. Il y a peu de temps, dis-tu ? Alors, en route !

Nous remontons sur le char, les cavaliers repartent en avant, et une autre période s'écoule. Le soleil infléchit sa course au-dessus de nos têtes. Nous rencontrons une caravane de dromadaires, ces animaux bossus qu'on surnomme les « ânes de la mer ».

–Avez-vous vu passer une troupe de cavaliers et un char ? demande Adad-Nirari aux caravaniers.

–Oui, seigneur, cinq ou six cavaliers et un char !

–Une fille est-elle avec eux ?

–Une toute jeune fille, oui, seigneur. Elle voyage sur le char.

Les caravaniers montrent une barrière rocheuse située à quelque distance.

–Nous les avons croisés derrière ces collines.

Et la poursuite reprend. Les montures des cavaliers et les chevaux de notre attelage sont exténués, mais Adad-Nirari ne leur accorde aucun répit. Sa main placée en visière devant ses yeux, il scrute la piste et, soudain, il rugit :

– Les voilà !

Les fuyards sont arrêtés. Il y a cinq cavaliers, et je distingue trois silhouettes sur le char. Comme nous nous rapprochons, je reconnais le prince Tarah. Son compagnon dont le visage est dissimulé sous un capuchon doit être le grand prêtre de Nergal. Il tient la princesse Naqui'a serrée contre lui.

– Adad-bela-Ukin, dit le prince héritier, occupe-toi des cavaliers.

– Seigneur, demande le capitaine, cela signifie-t-il que tu vas affronter le prince Tarah ?

– C'est mon intention ! Nabu me servira de porte-bouclier !

– Hein ?

Mais je n'ai pas le temps de protester, car Adad-Nirari a saisi les rênes d'une main, et de l'autre une poignée de trois ou quatre javelots.

– Je vais l'attaquer par la droite, et toi, Nabu, tu couvriras mon flanc gauche avec le bouclier, explique Adad-Nirari.

J'aimerais faire remarquer au prince qu'il n'est encore qu'un jeune garçon, alors que Tarah est déjà un homme, et sans doute un guerrier accompli, avec l'expérience de ce genre de combat… et pour arranger les choses, me confier la mission d'un porte-bouclier !

– J'ai confiance en toi, tu t'en sortiras très bien, s'esclaffe Adad-Nirari, comme s'il lisait dans mes pensées. Surveille la main droite de l'Élamite, et méfie-toi des fausses attaques !

Puis le prince héritier excite ses chevaux d'un claquement de langue.

Pendant que les deux chars manœuvrent pour se placer en position favorable, Adad-bela-Ukin et les cavaliers assyriens se ruent sur les Élamites avec l'avantage du nombre. Le combat est aussi bref que violent. Dès le début de l'engagement, trois Élamites sont blessés et tombent de selle. Les deux autres s'enfuient à bride abattue. Les soldats se précipitent sur les blessés pour les ligoter. Ensuite, ils se déploient de manière à couper toute possibilité de retraite au char élamite. Celui-ci s'immobilise et Adad-Nirari lance un défi :

– Tarah ! C'est un combat entre guerriers ! Libère Naqui'a !

Le prince élamite hésite. La princesse risque de le gêner pendant le duel. Il demande son avis à Akourgal qui hoche la tête. Le grand prêtre de Nergal lâche la jeune fille qui saute en bas du char et court rejoindre nos soldats. Puis Akourgal soulève le bouclier posé devant lui, et Tarah saisit rênes et javelots. Le combat va commencer. Adad-Nirari est parfaitement calme, très sûr de lui. Il me regarde, sourit et demande :

– Es-tu prêt, Nabu ?

– Je suis prêt… seigneur.

– Alors accroche-toi ! Heyaaa !

Ce cri ! Pendant un instant, je me revois dans la cour d'entraînement du palais ! Et aujourd'hui je suis tiers-chariste, porteur de bouclier, et je dois protéger le prince !

Adad-Nirari lance son quadrige contre l'attelage élamite à trois chevaux, plus léger mais plus maniable. Les deux chars se frôlent par la droite, le bras droit de Tarah se détend, et son premier javelot manque d'un cheveu la tête d'Adad-Nirari.

– Nabu ! Le bouclier !

– Désolé, seigneur !

Malheur ! Je n'ai pas été assez rapide ! Surtout pas de panique ! Les chars s'éloignent puis virent presque en même temps.

– Heyaaa !

Cette fois, je suis mieux préparé. Le javelot lancé par Adad-Nirari se plante en vibrant dans le grand tablier frontal du char élamite, et celui de Tarah frappe mon bouclier avec une puissance telle que sa pointe de fer traverse les trois épaisseurs de cuir d'hippopotame, pour ressortir à hauteur de mon front !

– Bien joué, Nabu, mais un conseil : recule ta tête ou tu vas te faire éborgner !

– Merci, seigneur !

J'en tremble encore, mais je suis assez content de moi.

Les deux chars se préparent pour un troisième assaut. Dans le vent de la course, le capuchon qui dissimulait la tête du grand prêtre est retombé sur ses épaules et en vérité, Akourgal ressemble à un démon surgi du royaume infernal !

– Que Marduk nous protège, souffle Adad-Nirari, quelle est cette horreur ?

Saduqa a dit que la charge d'envoûtement se retourne parfois contre son auteur, et c'est sans doute ce qui s'est passé ! Mais le duel continue !

Adad-Nirari n'a plus qu'un seul javelot. Combien Tarah en possède-t-il encore? Un? Deux? Du coin de l'œil, je vois que le prince héritier libère son poignet gauche. Il pousse son cri de guerre et nous repartons à l'attaque.

Les deux chars se ruent l'un sur l'autre, et à mesure que la distance diminue, je distingue mieux Akourgal, et mon estomac se serre de terreur et de dégoût. Toute la partie gauche de son visage, depuis le menton jusqu'au crâne rasé, n'est plus qu'une boursouflure violacée dans laquelle l'œil disparaît presque entièrement. La tête est penchée sur le côté, le cou raidi, les lèvres sont retroussées sur une partie de la mâchoire. Le nez, écrasé et déformé, ressemble à une boule de cire fondue qu'on aurait remodelée en l'aplatissant sur les joues.

– Accroche-toi, Nabu!

Comme les deux premières fois, Adad-Nirari a dirigé son char vers la droite, mais au lieu de s'écarter au dernier moment, il serre à gauche, et la roue cloutée de notre quadrige heurte violemment celle du char élamite.

La roue élamite s'éparpille en rayons brisés, Akourgal perd l'équilibre et bascule par-dessus le tablier. La caisse du char éclate en morceaux, et l'attelage, brutalement libéré, s'enfuit au triple galop.

– C'était eux ou nous, souffle Adad-Nirari, mais une fois de plus Marduk était de notre côté, et pour le remercier, je lui offrirai une génisse blanche en sacrifice.

Il ralentit son attelage et revient à la carcasse démantibulée. Le capitaine et ses hommes se sont emparés du prince Tarah, encore très choqué. Il n'y a plus rien à faire pour Akourgal qui est mort, la nuque brisée.

– Nabu !

Sous les regards amusés des soldats et du prince héritier, la princesse Naqui'a se jette dans mes bras.

– Nabu ! Je savais que tu viendrais me délivrer !

Je suis un peu gêné, mais également très heureux.

– Ma foi, intervient Adad-Nirari en posant sa main sur mon épaule, pour un gratteur de tablettes, j'avoue qu'il ne s'est pas trop mal comporté !

15
Scribe

Que Marduk soit une fois de plus remercié, la maison familiale a peu souffert de l'orage et des débordements des canaux et du fleuve – seul un mur extérieur sera à reconstruire. Mon père a décidé de profiter des travaux pour remplacer l'échelle qui accède à la terrasse par un escalier intérieur, et paver les chambres de dalles en terre cuite.

Trois jours ont passé depuis notre retour, et le complot fomenté contre la reine est maintenant connu de tous les Babyloniens. Des messages ont quitté le palais pour porter la nouvelle en pays d'Assur et jusque dans les provinces les plus reculées, et le tartan Ishme-Daiân revient à marche forcée avec son armée. De son côté, le roi des Élamites a fait demi-tour pour regagner sa capitale, Shushan. Il a protesté contre l'arrestation du prince Tarah, et offert une rançon pour le libérer mais, pour le moment, Tarah reste emprisonné dans une cellule du palais. Il n'a toujours pas révélé les noms de ses complices à la Cour, mais tôt ou tard il sera bien obligé de parler.

Sous les regards admiratifs de ma mère et de mes sœurs, j'ai revêtu une longue robe blanche aux franges pourpres. Le barbier a coupé les cheveux très court sur mon front, et les a laissés longs sur la nuque.

– Nabu, dit mon père, je dois reconnaître que je me suis trompé. Je voulais faire de toi un sculpteur sur ivoire et j'avais tort. Chacun doit suivre le chemin tracé par les dieux et, en ce qui te concerne, les dieux ont décidé : tu seras un scribe. J'approuve leur choix.

Ma mère lui fait passer un objet enveloppé dans un morceau de tissu, et Na'id dit encore :

– Ceci est pour toi : tu en feras bon usage.

Il enlève le tissu et me tend une dizaine de tablettes de cire reliées par des charnières, et les cadres des tablettes sont d'ivoire finement sculpté. De surprise, je reste muet. Le cadeau de mon père est magnifique, seuls les scribes expérimentés utilisent pareil matériel. Lorsque je lui fais part de cette observation, mon père répond très sérieusement :

–Tu n'es peut-être pas encore expérimenté, mais tu ne tarderas pas à le devenir. Et puis, aujourd'hui, tu dois faire bonne impression devant la reine!

Je n'ai pas revu la Dame du palais depuis que les exorcistes tentaient de l'arracher à son envoûtement, mais la princesse Naqui'a m'a assuré qu'elle va mieux et retrouve peu à peu une existence normale.

–D'ailleurs, a ajouté la princesse, elle souhaite te recevoir. Pas en audience officielle, car elle est encore trop fatiguée, mais en audience privée.

–Aujourd'hui?

–Demain matin, à la première période après l'aube. Tu n'oublieras pas?

J'ai à peine fermé l'œil de la nuit tellement j'étais impatient, et je me suis levé alors qu'il faisait encore nuit noire. En un instant, toute la maison était debout! Toilette, frictions d'huiles odorantes, intervention du barbier, habillement…

–Je dois y aller.

Mon père, ma mère et mes sœurs, et aussi Renard et Gazelle, deux esclaves achetés par Na'id depuis qu'il est fournisseur officiel de la Cour, m'accompagnent jusqu'à la porte de la maison, et me prodiguent conseils et encouragements. Comme si c'était la première fois que je vais au palais !

– N'oublie pas, dit Na'id, adresse-toi très respectueusement à la reine… et rappelle-lui bien qui est ton père. J'ai justement pour elle une boîte à fard sculptée en forme de canard dans une canine d'hippopotame… une pièce de toute beauté !

– Il ne va pas au palais pour proposer des marchandises ! proteste Mulisu. Mais si jamais tu as l'occasion de parler de tes sœurs… la reine a peut-être besoin de suivantes…

Comme par hasard, tous nos voisins sont dans la rue, et tous me saluent. On m'offre un beignet dégoulinant de miel, des dattes juteuses, une ceinture de coton, que sais-je encore ! Quel soulagement lorsque j'arrive enfin sur la Voie processionnelle !

À la porte du palais, Adad-bela-Ukin se précipite à ma rencontre :

– Te voilà enfin, jeune Nabu ! Gardes, une escorte pour Nabu le scribe !

Aussitôt quatre soldats m'entourent, et je ne vois plus rien derrière leurs immenses boucliers ronds. Adad-bela-Ukin prend la tête de la petite troupe. Serviteurs, fonctionnaires, musiciens, danseuses forment une haie d'honneur sur notre passage. Nous entrons dans la maison de la Directive. Nous traversons la cour sur laquelle s'ouvrent les bureaux de l'administration, la salle du Trône que gardent deux taureaux à tête humaine, puis une deuxième cour plus modeste dont le pavement est gravé des noms des anciens rois. Fixés aux murs, d'immenses panneaux de pierre sculptée racontent les exploits du roi Shamsi-Adad à la guerre et à la chasse, le montrent dans l'exercice de ses fonctions religieuses, versant le lait, la bière, le vin devant la statue d'un dieu, ou sacrifiant agneau ou chevreau sur l'autel.

La petite salle d'audience est éclairée par des fenêtres à claire-voie et décorée de simples peintures murales. Les gardes s'écartent et je me retrouve face à la reine Sémiramis. Elle est assise sur un siège en bois précieux surmonté d'un dais. Penchée en avant et appuyée sur les accoudoirs, le menton posé sur ses deux mains jointes, elle écoute Saduqa.

– Le dernier message parvenu de Shushan propose une rançon de vingt talents-or en échange de la liberté du prince Tarah.

– C'est une belle somme. Qu'en penses-tu ?

– Il faut réclamer le double : le roi Humbash paiera.

Le prince héritier et la princesse Naqui'a sont également présents. Je m'agenouille et j'applique mon front sur les dalles.

–Relève-toi, Nabu ! ordonne la Dame du palais.

D'un geste de la main, elle me signifie d'avancer. Elle me regarde sans dire mot pendant un long moment, puis elle sourit.

–Ainsi, dit-elle, c'est à toi que je dois de n'avoir pas quitté ce monde pour le Grand En-Bas. Tu as risqué plusieurs fois ta vie, m'a-t-on raconté ?

Je baisse les yeux d'un air modeste. Mon cœur cogne à tout rompre dans ma poitrine.

–De plus, ajoute la reine, tu as aidé à délivrer ma très chère Naqui'a que nos ennemis enlevaient.

–Il s'est battu comme un lion ! intervient la princesse.

Je me sens obligé de rectifier :

–Le prince héritier s'est battu comme un lion. Je me suis contenté de porter son bouclier.

Adad-Nirari approuve d'un hochement de tête.

–Nabu, reprend la reine Sémiramis, ton dévouement et ton courage méritent récompense. J'ai demandé conseil à mon ami Saduqa, et il va t'annoncer ce qui a été décidé.

– D'abord, dit Saduqa, tu dois terminer tes deux années d'études à la maison de la Tablette.

Ma grimace n'échappe pas au vieux scribe, qui continue :

– Mais dès aujourd'hui, tu entres au service de l'héritier désigné. Tu seras son secrétaire.

Scribe royal ! Saduqa occupait le même emploi auprès du roi Shamsi-Adad ! Cela signifie… ô dieu Nabu dont je porte le nom, sois remercié pour ta bienveillante protection ! Je n'aurais pu imaginer plus grande faveur !

Mais je n'ai encore rien vu. À peine Saduqa a-t-il prononcé ses derniers mots que la reine se lève de son siège. Naqui'a et le prince se placent de chaque côté pour la soutenir, car elle semble encore très faible. Elle s'avance vers moi. Je suis pétrifié. Je ne bouge pas. Les lèvres de la reine se posent sur ma joue. Je ne bouge toujours pas. J'ai fermé les yeux, et quand je les rouvre, la reine s'est retirée avec Saduqa et le prince. Seule reste la princesse Naqui'a, qui prend ma main et dit :

– Tu vas habiter au palais, et nous nous verrons chaque jour !

Je n'avais pas pensé à ce détail qui me fait encore plus plaisir que d'avoir été nommé scribe royal.

Nabu le scribe. C'est désormais mon nom.

Table des matières

Albâtre (p. 134) : roche naturelle de couleur blanche.

Alu-Essu (p. 12) : Alu-Essu, Ku'ara et Tuba, ainsi que Su-an-na sont des quartiers de Babylone. Voir le plan de la cité.

Babylone (p. 10) : des traces de silex et de pierres taillées ont été retrouvées sur le site de Babylone, montrant qu'il fut occupé dès la préhistoire. Petit à petit, la population augmente : le premier village a pour nom Babil.

Babil s'agrandit, prend le nom de Babylone (qui signifie « la porte des dieux ») et devient une principauté. Sous le règne d'Hammourabi, en 1790 avant J.-C., Babylone est la capitale d'un ensemble appelé Babylonie qui réunit les régions de Sumer et d'Akkad. La cité est encore de modestes dimensions, mais elle abrite tout de même deux palais et plusieurs temples dont ceux de Marduk et d'Ishtar. En 1595 avant J.-C., Babylone est prise par les Hittites, et en 815 avant J.-C., par les Assyriens du roi Shamsi-Adad (le père du prince Adad-Nirari de notre histoire). Les rois assyriens qui habitaient jusque-là dans leur forteresse de Kalhu, ou à Ninive ou Assur, choisissent de résider à Babylone (voir plan de la cité).

À l'époque de Nabu, les nombreux voyageurs qui visitent la cité sont très impressionnés par le nombre et la taille des monuments, également par la grande muraille qui entoure la ville. Il faut dire que Babylone est protégée par deux enceintes concentriques. Sur chaque côté s'ouvre une porte, parfois deux, précédées par un grand fossé. La porte d'Ishtar est la plus célèbre.

Une large avenue, la Voie processionnelle, traverse toute la cité et longe la grande Ziggourat, aussi appelée « maison du Fondement, du Ciel et de la Terre » et le temple de Marduk ou « temple à la Tête Haute ». À l'époque de Nabu le scribe, Babylone compte 43 temples consacrés aux principaux dieux mésopotamiens. Parfois, plusieurs temples sont consacrés à la même divinité (par exemple, la déesse Gula, « la grande dame médecin », en a trois).

Le palais royal est pratiquement indépendant du reste de la cité, avec ses 200 pièces réparties en cinq quartiers comprenant chacun une grande cour intérieure. La salle du Trône se trouve dans le troisième quartier. On y accède par une triple porte voûtée. Enfin, les jardins suspendus de Babylone sont connus dans le monde antique tout entier, et on vient de très loin pour les admirer.

Butor (p. 34) : gros oiseau dont le cri évoque le mugissement du taureau. Se dit d'une personne stupide.

Chemins d'Anu et d'Enlil (p. 139) : correspondent aux constellations que nous désignons sous les noms de « Grande Ourse » et « Petite Ourse ».

Cimmériens (p. 61) : c'étaient des cavaliers nomades. Les Babyloniens les surnommaient « les Géants » à cause de leur haute taille.

Coffrages (p. 94) : les maisons babyloniennes étaient bâties directement sur le sol, sans creuser de fondations, à l'aide de coffrages remplis de terre mélangée à des rondins de bois et des cailloux.

Conjonction d'Ishtar et Adad (p. 89) : Akourgal parle des planètes « Ishtar » (Vénus) et « Adad » (Mars) et non pas de la déesse et du dieu qui portent ces noms.

Couffe (p. 96) : barque circulaire fabriquée avec des joncs tressés. Elle se dirigeait aussi à la rame.

Déluge (p. 36) : le Déluge raconté dans la Bible reprend un récit mésopotamien plus ancien intitulé *L'Épopée de Gilgamesh.*

Diorite (p. 138) : roche d'origine éruptive, le plus souvent noire.

Écriture (p. 11) : on appelle « écriture » un ensemble de signes dessinés ou gravés sur du papier, du bois, de la pierre ou tout autre support, et qui reproduisent les sons d'une langue.

La première manifestation de l'écriture a lieu chez les Sumériens, qui échangent entre eux certains produits (poteries, vases, tissus, etc.) par l'intermédiaire de caravanes. Dans une bulle d'argile, ils enferment autant de petites billes ou de petits cônes appelés *calculi* qu'ils font livrer de produits à leurs clients de la cité voisine. Ces clients brisent la bulle d'argile et comptent les *calculi* pour savoir combien on leur a envoyé de produits (par exemple des vases).

Des marchands ont ensuite l'idée de graver sur la bulle le nombre d'objets à livrer. Mais après tout, pourquoi graver sur une bulle ? Il est beaucoup plus pratique de graver le nombre de vases sur une surface plate… une tablette… et pour qu'il n'y ait pas d'erreur sur la marchandise, on la dessine également sur la tablette.

Cette forme d'écriture qui représente l'apparence de l'objet est appelée pictogramme.

Lorsque le dessin représente plutôt une idée (par exemple, un visage qui pleure pour exprimer la tristesse), on l'appelle un idéogramme.

Un idéogramme peut exprimer plusieurs idées. Ainsi le dessin de « l'oreille » signifie bien sûr « oreille » mais il peut aussi signifier « entendre » et même « espion ».

Une troisième forme d'écriture est le phonogramme. Il consiste à représenter divers sons qui, lus à la suite, forment un mot – comme dans les rébus : riz + dos : rideau. Dans ce cas, un signe représente une syllabe. C'est l'écriture syllabique, qui reproduit le langage parlé.

Peu à peu, les Sumériens associent et combinent pictogrammes, idéogrammes et phonogrammes, et ils adoptent une écriture simplifiée. Les dessins du début se réduisent à des traits. On les trace avec un petit bout de bois ou de roseau taillé, le calame. Ces traits ressemblent à des clous ou des coins, et cette écriture est appelée cunéiforme.

Les peuples voisins des Sumériens réalisent très vite l'importance de l'écriture. Les Akkadiens (Assyriens et Babyloniens) utilisent les mêmes signes que les Sumériens, mais pour des sons différents.
Enfin, le système cunéiforme se répand dans tout le Moyen-Orient, et il est souvent modifié pour écrire d'autres langues (élamite, hittite, etc.).
C'est seulement depuis le milieu du XIXe siècle que quelques savants appelés assyriologues sont capables de déchiffrer l'écriture cunéiforme.

Encens (p. 28) : la fumée de l'encens passait pour chasser les démons.

Héraut (p. 31) : le héraut du palais était chargé de transmettre les ordres du roi. Il parlait en son nom. C'était une charge très importante.

Herbes shammou (p. 160) : les plantes shammou (graines, racines, feuilles, tiges) étaient le plus souvent utilisées en médecine.

Homme-scorpion (p. 92) : dans les croyances babyloniennes, l'homme-scorpion (*girtablullû*) est un serviteur du dieu Nergal.

Horoscope (p. 60) : étude de la destinée en calculant la position des planètes au moment de la naissance. Les Babyloniens notaient chaque horoscope de la famille royale sur une tablette qu'on déposait ensuite dans les archives du palais.

Jardins suspendus (p. 79) : dans l'Antiquité, on parlait des jardins suspendus de Babylone comme de l'une des Sept Merveilles du monde. Certains voyageurs de l'époque les ont attribués à la reine Sémiramis, épouse du roi Shamsi-Adad et mère du roi Adad-Nirari, d'autres au roi Nabuchodonosor.

Les archéologues modernes ne sont pas d'accord à propos de ces jardins, et les fouilles du site de Babylone n'ont pas permis de donner une réponse satisfaisante. Ont-ils réellement existé, ou bien les voyageurs ont-ils confondu Babylone avec d'autres villes assyriennes comme Ninive ou Kalhu, où effectivement des rois avaient fait installer des jardins et même des zoos ?

Mais si l'on en croit les descriptions données par les voyageurs, les jardins suspendus occupaient cinq immenses terrasses, et leur colline artificielle dominait les murailles du palais – les jardins semblaient flotter entre ciel et terre.

Des colonnes soutenaient les terrasses, et l'eau du fleuve était amenée par un système élévateur très perfectionné.

Sur les deux premières terrasses, on trouvait les vergers : palmiers dattiers, pruniers, cerisiers, pêchers et poiriers, ainsi que toutes sortes d'arbres transplantés des régions les plus lointaines ; sur les deux terrasses suivantes, les potagers plantés de légumes et d'herbes aromatiques ; sur la dernière terrasse enfin, la plus élevée, poussaient toutes sortes de fleurs, des plus communes aux plus rares.

Kassite (p. 47) : langue du peuple venu s'installer autrefois à Babylone.

Kelek (p. 96) : grand radeau qu'on dirigeait à la rame.

Lapis-lazuli (p. 134) : pierre couleur bleu azur.

Logogramme (p. 47) : dessin correspondant à une notion. Par exemple, une étoile à huit branches pour écrire « ciel » ou « dieu ». On dit aussi idéogramme.

Maison de la Succession (p. 61) : école fréquentée par un seul élève : le prince héritier qui se préparait à ses fonctions royales.

Maison de la Tablette (p. 16) : l'école des scribes.

Marteau d'Adad (p. 14) : c'est la foudre, accompagnée par le bruit du tonnerre (comme le marteau du forgeron qui frappe l'enclume).

Métal du ciel (p. 138) : il s'agit de l'étain.

Mine (p. 44) : unité de poids, comme le sicle et la ligne.

Navire puissamment armé (p. 164) : il s'agit sans doute d'un vaisseau acheté aux Phéniciens (la Phénicie correspond au Liban actuel). Ce type de navire mesurait environ 30 mètres de long pour 6 mètres de large et 2 mètres de tirant d'eau, ce qui lui permettait de naviguer sur les fleuves, même en période de sécheresse.

Ourartou (p. 59) : l'Arménie actuelle.

Pays sans retour (p. 62) : comme le Grand En-Bas, l'Arallu, ce terme désigne le royaume des morts chez les Babyloniens.

Porte d'Enlil (p. 63) : chaque porte de Babylone portait le nom d'un dieu, la plus célèbre étant la porte d'Ishtar, à l'entrée de la Voie processionnelle qu'empruntaient les défilés.

Scythes (p. 65) : comme les Cimmériens, les Scythes étaient des peuples nomades de l'Antiquité réputés pour leurs talents de cavaliers.

Seconde Maison (p. 30) : partie du palais réservée aux femmes.

Shamash (p. 41) : le soleil.

Shamash (p. 78) : dieu soleil. Nabu veut dire qu'il ne boira plus de vin ni pendant la journée ni pendant la nuit.

Shan-bar (p. 80) : les Élamites considéraient le grand arbre appelé « liquidambar » comme un dieu de la nature.

Sîn (p. 78) : dieu lune.

Tarbishu (p. 73) : petite cité située sur le fleuve Tigre, à quelques kilomètres de Ninive, en Assyrie.

Tartan (p. 116) : le tartan est le général en chef des armées assyrienne et babylonienne. Chaque année, il part avec une armée visiter les royaumes vassaux et percevoir un lourd impôt appelé « tribut ». Les royaumes ou les cités qui refusent de payer ce tribut sont considérés comme rebelles et détruits.

Temple à la Tête Haute (p. 17) : le temple de Marduk, appelé ainsi à cause de sa hauteur. On l'appelle aussi « Esagil ».

Ziggourat (p. 40) : tour à sept étages qui se dressait non loin du temple de Marduk (elle a sans doute servi de modèle à la légendaire tour de Babel).

Enfin, Nabu en personne attend les questions des lecteurs sur Internet. Son adresse électronique :
nabu-le-scribe@wanadoo.fr

DANS LA COLLECTION MILAN POCHE
JUNIOR

1 • *Le Jobard* de Michel Piquemal
2 • *Histoires pressées* de Bernard Friot
3 • *Pour l'amour d'un cheval* d'Alim Hekmat
4 • *Rock'n Loup* d'Hervé Debry
5 • *Le 13* de Gérard Moncomble
6 • *La Nuit de la sorcière* d'Hélène Montardre
7 • *L'Heure de la momie* de Claudine Roland
8 • *Romain Gallo contre Charles Perrault* de Gérard Moncomble
9 • *Le Mouton Marcel* de Jean-Luc Coudray
10 • *Les Oiseaux du Mont Perdu* de Michel Cosem
11 • *Le Satellite venu d'ailleurs* de Christian Grenier
12 • *Les Neiges rebelles de l'Artigou* de Michel Cosem
13 • *Fabuleux Romain Gallo* de Gérard Moncomble
14 • *Objectif Terre !* de Robert Boudet
15 • *Au pied du mur* d'Hélène Montardre
16 • *Le Pionnier du Nouveau Monde* de Michel Piquemal
17 • *La Bague aux trois hermines* d'Évelyne Brisou-Pellen
18 • *Le Commando des Pièces-à-Trou* de Pierre Coran
19 • *L'Heure du rat* de Gérard Moncomble
20 • *Nouvelles histoires pressées* de Bernard Friot
21 • *Moi, Félix, 10 ans, sans-papiers* de Marc Cantin
22 • *Les Aventuriers des 18 mondes* de Béatrice Bottet
24 • *Le Masque de la Mort Rouge et autres histoires extraordinaires* d'Edgar Allan Poe
25 • *Hilaire, Hilarie et la gare de Saint-Hilaire* d'Hélène Montardre
26 • *Georges Bouton, explomigrateur* de Gérard Moncomble
27 • *Le Seigneur des neuf soleils* de Christian Grenier

28 • *Le Parfum de la dame en noir* de Gaston Leroux
29 • *Cache-cache avec la mort* de Michel Amelin
30 • *Zelna contre les vampires* de Stéphanie Benson
31 • *Mon premier Verlaine* de Paul Verlaine
32 • *Qui que quoi quand la poésie* de Jean-Hugues Malineau
33 • *La Dernière Nuit du loup-garou* de Marc Cantin
34 • *Le Secret du scarabée d'or* de Jackie Valabrègue
35 • *Les Aventures de Sherlock Holmes – Tome 1* d'Arthur C. Doyle
36 • *Enfer et couches-culottes* de Brigitte Richter
37 • *C'est bien* de Philippe Delerm
38 • *Encore des histoires pressées* de Bernard Friot
39 • *Le Secret de l'écrivain* de Roger Judenne
40 • *C'est toujours bien* de Philippe Delerm
41 • *La Cité barbare* de Gérard Moncomble
42 • *Clones en stock* de Pascale Maret
43 • *L'Enfant à l'étoile jaune* d'Armand Toupet
44 • *Jean de l'Ours* de Louis Espinassous
45 • *Un animal, des z'animots* de Jean-Pierre Andrevon
46 • *Le Mystère de la fille sans nom* de Marc Cantin
47 • *Les Aventures de Sherlock Holmes – Tome 2* d'Arthur C. Doyle
48 • *Mon premier Hugo* de Victor Hugo
49 • *La Fronde à bretelles* de Pierre Coran
50 • *J'ai sauvé le père Noël* d'Andreas Steinhöfel
51 • *Comment je suis devenu un fantôme* de Marie de Latude
52 • *Dans les bras du monstre* de Gérard Moncomble
53 • *Le Bûcher aux sorcières* d'Amélie Sarn-Cantin
54 • *Les vampires contre-attaquent* de Stéphanie Benson et Lisa Saby
55 • *Mauvaises fréquentations* d'Yves-Marie Clément
56 • *Ali Zaoua, prince de la rue* de Nathalie Saugeon

57 • *Les Fils du diable* de Sylvie Bages
58 • *La Nuit des Pélicans* de Pierre Coran
59 • *Ce jeudi-là* d'Amélie Sarn-Cantin
60 • *Le Minus* d'Anne-Marie Desplat-Duc
61 • *Mon premier Baudelaire* de Charles Baudelaire
62 • *Mission Toutankhamon* de Claudine Roland
63 • *Apprentie détective* de Françoise Jay d'Albon
64 • *Pressé, pressée* de Bernard Friot
65 • *Aliocha, cheval des steppes* de Jackie Valabrègue
66 • *La Menace* de Lucette Graas-Hoisnard
67 • *L'Impossible Mademoiselle Muche* de Christian Grenier
68 • *Les Sept Péchés du diable* d'Armand Toupet
69 • *Moi, Félix, 11 ans, Français de papier* de Marc Cantin
70 • *Mes premiers poètes* de Michel Piquemal
71 • *Esclave !* de Pascale Maret
72 • *La Dernière Nuit d'Alouine* d'Éric Sanvoisin
73 • *Mamie et moi* de Marc Cantin
74 • *La Revanche des crapauds cracheurs* de Pascal Coatanlem
75 • *Le Père Noël et les enfants du désert* de Jacques Vénuleth
76 • *À mots croisés* de Bernard Friot
77 • *La Prophétie des Magicyans* d'Hélène Bréda
78 • *Comment je suis devenu un fantôme – Le Chant des Sirènes* de Marie de Latude
79 • *Lycée Dracula* de Douglas Rees
80 • *Moi, Félix, 12 ans, sans frontières* de Marc Cantin
81 • *Lois et Nora – C'est un beau roman* de Michel Le Bourhis
82 • *L'Île de la lune* d'Yves Pinguilly
83 • *Le Sorcier de Babylone* d'Alain Paris

Loi 49-956 du 16 juillet 1949
sur les publications destinées à la jeunesse

Achevé d'imprimer en France par France-Quercy, à Cahors
Dépôt légal : 2e trimestre 2004
N° d'impression : 40745 D